天使出征

—— 内蒙古援鄂医疗队
抗击新冠肺炎疫情纪实

刘 春／著

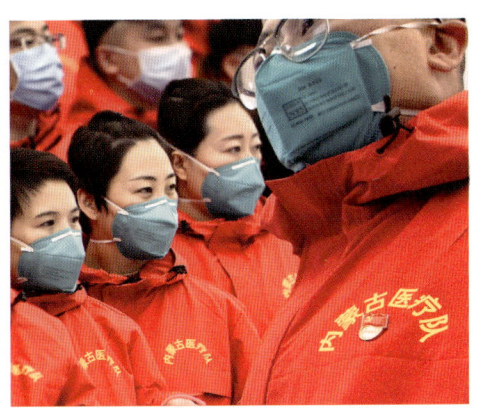

内蒙古人民出版社

图书在版编目(CIP)数据

天使出征：内蒙古援鄂医疗队抗击新冠肺炎疫情纪实 / 刘春著. --呼和浩特：内蒙古人民出版社，2020.5 (2021.12重印)

ISBN 978-7-204-16302-1

Ⅰ. ①天… Ⅱ. ①刘… Ⅲ. ①纪实文学-中国-当代 Ⅳ. ①I25

中国版本图书馆 CIP 数据核字（2021）第 202496 号

天使出征——内蒙古援鄂医疗队抗击新冠肺炎疫情纪实

作　　者	刘　春
策划编辑	王　静　贾睿茹
责任编辑	武连生　贾睿茹
封面设计	宋双成
出版发行	内蒙古人民出版社
地　　址	呼和浩特市新城区中山东路 8 号波士名人国际 B 座 5 楼
网　　址	http://www.impph.cn
印　　刷	内蒙古恩科赛美好印刷有限公司
开　　本	640mm×960mm　1/16
印　　张	13.5
字　　数	160 千
版　　次	2021 年 11 月第 1 版
印　　次	2021 年 12 月第 2 次印刷
书　　号	ISBN 978-7-204-16302-1
定　　价	52.00 元

图书营销部联系电话：(0471)3946298　3946267
如发现印装质量问题，请与我社联系。联系电话：(0471)3946120

在这场同严重疫情的殊死较量中,中国人民和中华民族以敢于斗争、敢于胜利的大无畏气概,铸就了生命至上、举国同心、舍生忘死、尊重科学、命运与共的伟大抗疫精神。

——习近平

序 言

2020年2月14日，刘春同志逆行出征前一天，我们开了一个党委会。会议快结束的时候，我把他叫到会议室，准备交代一些事情，更重要的是给他鼓劲儿加油。

他来了，看不出和平常有什么不同。本来想和他说很多话，想到他要面对的环境，报社党委班子成员除了叮嘱他要注意安全、平安回来，再就是告诉他：在宣传报道方面，报社不对你提出任何要求，保护好自己，就是最重的任务。

他出发时，海龙社长和我去给他送行，本来想多交代些安全方面的事情。说实话，他去湖北省一线疫情较严重的地区，我们心里也是五味杂陈。可是，他对着记者采访的镜头说了几句话，与海龙和我合影以后，就把我们"晾"在一边去安检了。后来在他写的手记里看到，原来他是有些"害怕"那些镜头。

接着，他在荆门市的35天和在鄂尔多斯隔离休养的14天时间里，我们陆续收到他发回的作品，到现在有40余篇（件）。他还通过微信告诉我，他个人的头条号发布的荆门市民送别内蒙古医疗队的短视频点击量达到100万。

这本书的消息来得很晚。3月30日下午，忽然收到他微信发来的一张图片，点开一看，是一本书的封面设计图，再仔细看，作者是他的名字，这令我惊喜。他告诉我，在隔离休整期间，他在写一本书，已经完成一多半了。我给他点赞，鼓励他一定要坚持写完，要保证质量。

当天晚上，他给我打来电话，说想求我一件事儿。工作中，他和我的交流向来直来直去，突然如此客气，我一时也没猜透他要做什么。随后他说，他想请我为本书写序言……

拿到书稿的电子版，我先是看了这本书的框架。从整体框架上来看，基本上通过20个故事和十几篇手记，反映了我区医疗队在湖北省荆门市和武汉市的总体工作情况。本书的第一篇，写的是出征的故事，原本以为，他会讲述出征的宏大场面，没想到他却讲了一位年轻女护士的出征故事。以最普通的故事开局，以点带面，反映白衣天使出征的群像，这是个出人意料的开场。故事讲得很细，从报名、告别家人、机场送行到落地荆门市，娓娓道来，读了她的故事，自然而然会了解到同行医疗队员出征的情况。这是很"讨巧"的设计，也有"偷懒"之嫌，不过效果出来了。接着，我看凯旋部分。这部分内容更有"心机"，他把自己摆了进去，写自己的撤离之路，带出医护人员的返程故事。小开局，轻结尾，却把这本书和读者的距离一下子拉近了。

这本书的故事，代入感很强。简洁、用心的讲述，很容易让人有身临其境之感。他写战斗，写到了恐惧和勇敢。他写治疗，写到了绝不放弃。他写感控，写到了感控人的一丝不苟。他还讲述了患者感恩、心理干预、多方携手、战友情深、民族团结、青年担当、战地歌声……读罢全文，湖北省一线的"抗疫"全景图跃然眼前。

作为他的领导，我对他此行的工作感到十分满意。他尽力了，一名记者尽力去做一件事情，无论做得好不好，都是一个交代，他给了报社一个交代，也给了自己一个交代。

刘春，是新闻战线的英雄。

2020 年 4 月
（《序言》作者系内蒙古日报社总编辑）

目 录

目的地：湖北荆门 　1

构筑生命"防火墙" 　9

忙一个月了 　17

贺新生的"新生" 　25

武汉闫妈是位内蒙古人 　33

"战"京山 　41

ICU 里的紧急救治 　49

这个博士不太冷 　57

天使与宝贝 　65

战地飞鸿 　73

咆哮吧，护士长！ 　81

防护服上的蒙古族名字 　89

"抗疫"老兵再出击	97
话　疗	105
用生命去护佑生命	113
张娟是名90后	121
武汉的春天故事	129
生命"摆渡人"	137
战地记者	145
英雄归程	153
荆门手记	161
英雄榜	193
集体荣誉榜	201
后　记	203

致敬英雄

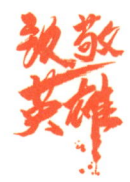

目的地：湖北荆门

“……还有 30 分钟，就到达武汉市天河机场了，请你们务必照顾好自己，千言万语，只希望你们早日凯旋，春暖花开时，我们接你们回家！”

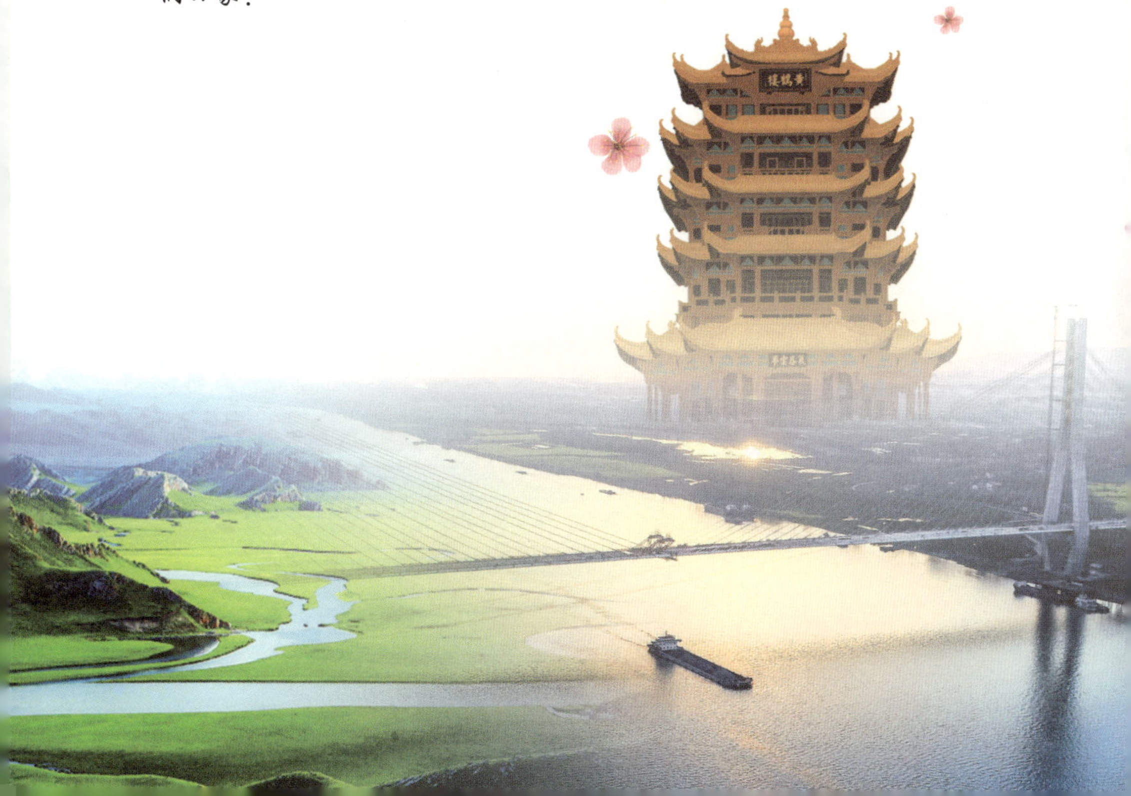

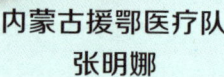

内蒙古援鄂医疗队
张明娜

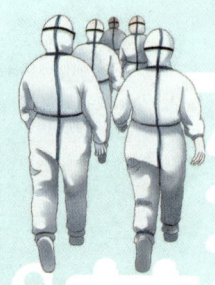

致敬逆行者

目的地：湖北荆门

春节前，内蒙古医科大学附属医院护士张明娜的父母从赤峰赶了过来，要和她一起过个团圆年。张明娜想着，可以利用春节假期去云南旅游，也让老人散散心。

年三十晚上，张明娜上夜班，忙了一晚上，初一才下班回家，抓紧时间睡了一天。正月初二，她还要上班，必须养精蓄锐，做好第二天的工作。

至于去云南旅游的计划，她已经取消了。在湖北省武汉市，新冠肺炎疫情正在肆虐，国家卫健委发布了1号公告，全国各省都进入严防死守的"战争"状态。内蒙古满洲里市出现了1例新冠肺炎病例，患者是来自武汉市的一名游客。在这种形势下，出去旅游已经不再合适。

1月27日，大年初三，下午5点多，她收到医院支援湖北省抗击疫情的动员令。她来不及多想，第一时间就报了名。当时，报名的医务人员很多，谁能去，还需要医院选拔。因为动员令明确要求：选拔精干力量。

张明娜不知道自己能否如愿以偿，心里有几分忐忑。下午5点40分，她接到电话，要求去单位开会。她一下子跳了起来，这说明她有可能成为援鄂医疗队的一员了。

会议的主要内容，除了动员，就是强调安全，医院的领导都在担心这些即将出征的"战士"，希望他们在春暖花开的时候，平安凯旋。会议之后，他们培训了如何穿脱隔离衣。培训的老师反复叮嘱大家，一定要做好这一层防护，这是关系到生命的大事。

晚上10点30分，张明娜回到家里，简单地整理了一下行装，便坐下来写日记。她有写日记的习惯，此时她更想把抗疫过程完整地记录下来，因此写得更加详细。直到凌晨1点半，她才躺在床上。

1月28日，正月初四。

早晨5点30分，她在迷糊中睁开双眼，洗漱完毕，简单地做了些早餐，便开始翻阅《出征团队准则规范》。虽然她在医院从事医务工作多年，对医务工作各项规定都了然于胸，但是在疫情当前的特殊形势下，仍需要认真重温、研读规章制度，做到心中有数。《规范》是为本次出征量身设计的，对驰援湖北抗击疫情的各个环节都进行了明确、细致的规范，其中包括组织架构、医务实践操作、个人行为规范等。

上午9点，在内蒙古医科大学附属医院8楼1号会议室，出征小组召开会议，特别强调了本次救援工作的紧迫性和严肃性，交代了存在的风险和规避风险的方法。会议上提及，在这场疫情的阻击战中，每个人都是防线，每个人都有责任，只有严加落实防控举措，严加夯实防守责任，才能确保人身安全和抗疫胜利。

张明娜心里十分激动，她偷偷地观察了一下参加会议的"战友"们，他们每个人的眼神中都充满坚毅与果敢、责任和担当，充满着必胜的力量。这让她为自己能够成为医疗队的一员感到自豪，心头涌上一股强烈的责任感。她暗暗下定决心：这次驰援荆门，一定要尽职履责，完成使命。

会议结束后，他们来到附属医院2楼留观室，输注免疫球蛋白，这是为出征者的身体补充能量，增强免疫力。在排队过程中，被任命为医疗队队长的张卿，不厌其烦、一遍一遍地叮嘱队员们要注意安全，一遍一遍地强调出征的纪律和注意事项，要求大家做到"零

目的地：湖北荆门

感染"，"医疗队队员，一个都不能少"。她说这既是军令状，也是对我们的要求，这不仅是对自己负责，也是对患者负责，为战胜疫情负责。

这期间，张明娜收到了亲朋、同事的关心与祝福。有为她点赞的，赞扬她在危难时刻能够挺身而上的，也有埋怨她不该在疫情最严重的时刻去冒险的。都是为了她好，她也不好更多解释什么，只是想，作为一名医生，大学时许下的"医学生誓言"犹在耳畔，已经经过了治病救人的历练，疫情当前，现在到了该冲上去的时候了。

和父母告别，是个很为难的过程。最后，父母也只能同意了，免不了要嘱咐一番，然后含泪送女儿出门。当时，对湖北省疫情的报道，因为新冠病毒的神秘性，让人们的心里产生了深深的恐惧感，家里有人去一线，零距离接触病毒，对家人来讲属实揪心。

下午2点，张明娜和来自全区各地的医务人员抵达呼和浩特市白塔机场。看着那些陌生的即将成为"战友"的脸孔，张明娜心里很激动，感觉大家都是那么亲切。

微笑着告别。

张明娜在忙碌着对接各项细节，媒体在现场采访出征的白衣天使，前来送别的同事、亲友在挥泪告别。国家有难，白衣天使换上战袍紧急出征，直面死亡，他们的勇敢和义无反顾受到了极大的礼遇，人们用尽可能多的方式，表达着敬重之情。

送别的场面充满着送战士出征的悲壮。张明娜和医疗队员们沉浸在一种毅然决然的情绪当中。合影后，和送行的人群挥手告别，随着医疗队成员进入候机室。一双双流过泪水的眼睛更加明亮，一颗颗奔赴国难的赤子之心更加坚强，一个个即将拿起"武器"的战士更加勇敢……

回望安检外面的世界，认识或不认识的送行的人们，还在向他们挥手。张明娜想着千里之外的武汉，也许荆棘丛生，也许危机四伏，想到马上要告别这个生活了14年的城市，有些莫名伤感，对这座城市的眷恋，对父母、丈夫和孩子的依恋从心底涌起，泪水再次溢满了双眼。

在飞往武汉的航班上，已经含泪播报过几次的机长，又一次含着送别的眼泪，哽咽地播报："……还有30分钟，就到达武汉市天河机场了，请你们务必照顾好自己，千言万语，只希望你们早日凯旋，春暖花开时，我们接你们回家！"

这份真情，让"战友"们落泪了。本来是无亲无故的一次送行，本来是履行职责的一次服务，但是面对这群英雄，机长和空乘人员都流泪了，这泪水当中，有忧心，有感激，有不舍，更有对英雄的尊敬。这也是他们的同胞啊，如今要去"战场"上用生命去拼搏。

短暂地沉默之后，抹了一把泪水，机舱里响起热烈而长久的掌声，出征的英雄们，用掌声感谢机组人员的同胞之情，也是在用掌声鼓励战友：此战，必胜！

目的地：湖北荆门

飞机平稳地降落在武汉市天河机场。舷窗外，天河机场冷冷清清，没有其他飞机起落。这座机场，在2019年1月24日，曾首次突破单日600架次起降大关，打破了启用24年来最高纪录。如今因为疫情，除了运送物资的飞机和前来支援的医务人员，已经没有飞机起降、没有旅客往来了。

在机场，139名战友各自乘坐大巴车，赶往真正的"阵地"：47名队员赶赴钟祥市，37名队员赶赴京山市，29名队员赶赴沙洋县，20名队员赶赴荆门市，6名队员赶赴屈家岭管理区。此战，内蒙古连续选派8批次共849名医疗队员和疾控人员驰援湖北！

张明娜被分配到位于荆门市掇刀区的荆门市第一人民医院。晚上9点47分，一行人抵达掇刀区。城区无人的街道两侧，霓虹灯发着有些冷厉的光芒，美丽而寂静，不禁让人想起那部叫作《寂静岭》的电影。

当地人民政府和医疗部门的同志们正在等待他们，并对他们的支援表达了具有十足诚意的感激之情。张明娜回到鄂尔多斯市隔离休养的时候，还会时常记起荆门市人民的那份热情。

用餐后，张明娜回到了房间，拨通了视频电话，向家里人报平安。1月29日，是张明娜儿子的生日，不能陪伴在孩子身边，她这个做妈妈的感觉有些歉意，却又不敢多说什么。

儿子在视频里说想妈妈了，要找妈妈。老公不断地安慰儿子，说妈妈去打"怪兽"了。迷上奥特曼的儿子立刻高兴起来，告诉妈妈要好好打怪兽。儿子还告诉她："自己要好好吃饭，不让怪兽进家门。"张明娜也叮嘱儿子："外面怪兽特别多，又高又大，不要出门。"儿子开心地去睡了，她又对老公叮嘱了一些事情，便挂断了视频。

直到凌晨 2 点 30 分,她才收拾好第二天培训用的东西,穿着棉衣躲进被子里。荆门市没有暖气,冬天要靠空调取暖。因为感染控制的要求,不能打开空调,以防止空气流动带来危险。人们在室内活动,要比在外面穿得还要多些。

张明娜躺在床上,想着"抗疫实战"的枪声就要打响了,自己一定要全力以赴救治患者,希望通过大家的共同努力,战胜疫情,让这座美丽的城市重新焕发生机。她鼓励着自己,脑海中回想着儿子甜蜜的微笑,辗转了一会儿,才进入梦乡。

致敬英雄

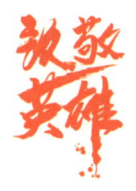

构筑生命“防火墙”

一个完整的防控网络建成了，为保障医务人员的生命安全搭建了一道物理屏障。

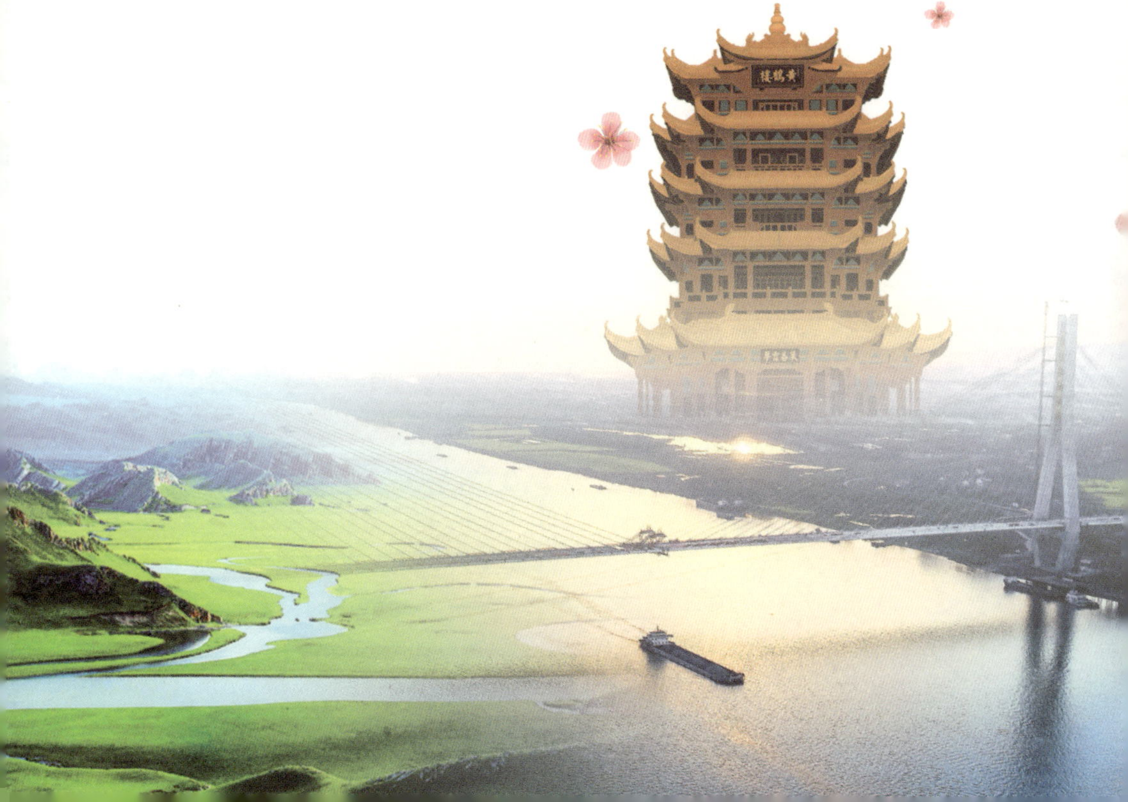

内蒙古援鄂医疗队
李 莉

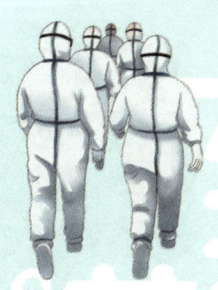

致敬逆行者

构筑生命"防火墙"

讲述感控的故事,对我来说确实是个难题。因为这项专业操作和新闻采访不是一个概念。

这道"题"最终还是解开了。因为我认识了内蒙古医科大学附属医院预防保健部住院医师、内蒙古自治区医院感染管理质控中心秘书李莉。

她给我的解释是:感控,就是预防与控制医源性的交叉感染,包括患者之间、医务人员与患者之间的交叉感染。在传染病暴发流行期间,医务人员的感染防控至关重要,就像特警救人质,若特警变成了新的人质甚至牺牲了,救援任务就会愈加困难,甚至失败。

这就再清楚不过了。

备战

2020年1月21日,看到自己的老师、北京大学第一医院感控专家李六亿教授出征武汉的消息,李莉对老公说:"感控界的大人物都出征了,SARS(非典型肺炎)、MERS(中东呼吸综合征)、埃博拉等爆发时,无不出现感控人的身影,或许我也可以尽一份力。"

李莉的老公默默地看着她,没有说话。

1月18日,在武汉市累计报告新冠肺炎病例达到62例时,她已经开始查阅文献、书籍等参考资料,并且负责拟定了内蒙古医科大学附属医院的新冠肺炎防控方案、应急预案与消毒隔离和个人防护要求等,还多次为该院预检分诊、发热门诊、感染性疾病科的医务人员培训消毒隔离防护和防护服穿脱流程。

她没有想到自己会在10天以后驰援湖北省，此时的准备工作完全是因为医院感控工作的需要，也有作为专业感控人员的职业习惯，她感觉自己学会的专业知识，在这场突如其来的疫情中一定会有用武之地。

对所学专业的执着，促使她又一头扎进大量的文献和既往传染性疾病现场督导检查方案里，经过分析提炼，制定出《新冠肺炎防控督导检查表》。她坚信这个检查表一定会有用的。

李莉的准备工作没有白费，很快就派上了用场。

1月27日下午5点，她接到医院的紧急通知，要她去参加一个重要会议，她感觉到是自己该出手的时候了。果然，因为疫情防控的特别需求，她被选派驰援湖北省荆门市，次日出发。

会议结束后，李莉在现场为医院即将出发的全体队员进行三级防护培训，直到深夜。她疲惫地回到家中，老公看了她一眼，问道："决定了？知道也拦不住你。去吧，不用惦记家里，有我呢。"

1月28日，李莉随队出征。直到飞机落地，她满脑子都是最新的新冠肺炎诊断标准、防控技术指南和防控方案。在从武汉开往荆门市掇刀区的大巴车上，她已经开始策划怎样才能让全体队员在最短的时间内掌握最重要的防控知识、建立最有效的防控知识体系，并牢记于心。

于是，这辆大巴车上开始了一场"游戏"，游戏的主题是"如何管住手，不触碰头面部"。车上的医务人员都懂得李莉的良苦用心，纷纷积极配合，按照她制定的游戏规则，互相监督，几个回合下来，便基本上做到了"管住手"。

看到"游戏"产生的效果很理想，李莉稍稍松了口气。当然，她知道现在还没有进入实战，还不到真正放心的时候。实际上，她真正放下心来的时候，是医疗队员在鄂尔多斯市隔离修养结束前，

经过核酸检测，所有人都安然无恙之后，她才放松下来，一个人躲在角落里悄悄地流泪。

战前

1月28日，李莉组织医疗队全体医务人员召开了一次感控会议。会议要解决的问题是在新冠肺炎疫情形势下医务人员怎样正确防护。

李莉说："新冠肺炎病毒的主要传播途径是飞沫传播、接触传播和密闭环境下高浓度的气溶胶传播。要做到控制传染源、切断传播途径和保护易感人群，其中切断传播途径是重中之重。"

她进行了深入分析：切断飞沫传播途径，重点是要戴口罩，并保持1米以上的安全距离。接着，她为大家讲解如何区别GB19083-2010、GB2626-2006/2019等口罩和适用范围，讲解ASTM F2100、BSEN 14683、BSEN140、AS4381、JIS T8151等标准的口罩，在哪种情况下佩戴是安全的，哪种情况下是有风险的。她还特别讲解了N95口罩、KN95口罩、KF94口罩、医用防护口罩、医用外科口罩、普通医用口罩的科学佩戴等知识。

参加培训的医务人员瞪大了眼睛，他们没有想到仅仅是口罩的选择与佩戴就有这么多的知识。

讲完手卫生之后，李莉特别讲到了防护用品穿脱。

"穿防护服环节，最重要的是穿好防护服后没有裸露在外的皮肤和内层的防护用品。脱防护服一定要严格执行脱卸流程和操作要点。在脱卸头面部的防护用品之前，一定要使用足量的快速手消毒液，做到规范的六步洗手法，再去操作时，一定要轻柔，避免产生大量气溶胶……"

讲解变成了耐心叮嘱："医用防护口罩（或N95）一定要在安全

的区域脱卸、更换。这个安全区域，一定要在清洁区，要通风良好或者有空气消毒机。脱口罩后，要立刻用流动水洗手加手消毒，然后戴新的外科口罩。"

"大家不要嫌我啰唆，我们现在所处的环境十分危险，只有做好每一个细节上的防护，才能保证我们的安全。"李莉对大家说道。

她还强调，下班后一定要尽快洗澡30分钟，因为皂液加流动水洗澡可以达到低水平消毒的作用。洗澡后更换新的内、外衣裤和鞋、袜，就可以进行日常生活了。

在传染病疫情暴发流行的早期，医务人员的防护往往不足，这与对新发疾病的认识不足、防护物资储备和医务人员的防护意识有很大关系。而到中后期，医务人员对疾病的认识发生了改变，其防护往往会出现过度的问题，比如戴多层的口罩、手套，穿隔离衣加防护服再加隔离衣等。

因此，她提醒大家，"要推崇科学、适度的防护，不要因为过多地使用防护用品增加脱卸程序，从而增加暴露风险和感染风险。同时，在多层防护服叠加的情况下，可能会大量地出汗，汗水浸湿了防护服，其防护效能会大打折扣……"

最后，李莉说："希望大家能提出问题，最好把我考住了。如果我答不上来，会第一时间咨询国家专家组老师，用最快、最好的解决方案给大家答复。"

实 操

1月29日，作为内蒙古援鄂医疗队的感控负责人，李莉来到了荆门市第一医院"熟悉阵地"，当她"摸清"了医院的环境、布局、管理和工作流程，再深入隔离病房，心里暗暗吃惊：我们的医务人

员虽然身怀绝技、身披战甲,但所处环境处处是漏洞,随时会被狡猾的病毒袭击,甚至成为病毒的"俘虏"。

李莉结合援助医院普通住院病区的建筑布局情况,提出了普通病区改建为传染病隔离病区的可行性建议,建立起了既符合传染病救治要求,又不会破坏楼体的隔离病区,建立了保护医务人员的"硬"防火墙——"三区两通道两缓冲",并详细敲定了缓冲间内各项感控细节。

一个完整的防控网络建成了,为保障医务人员的生命安全搭建了一道物理屏障。

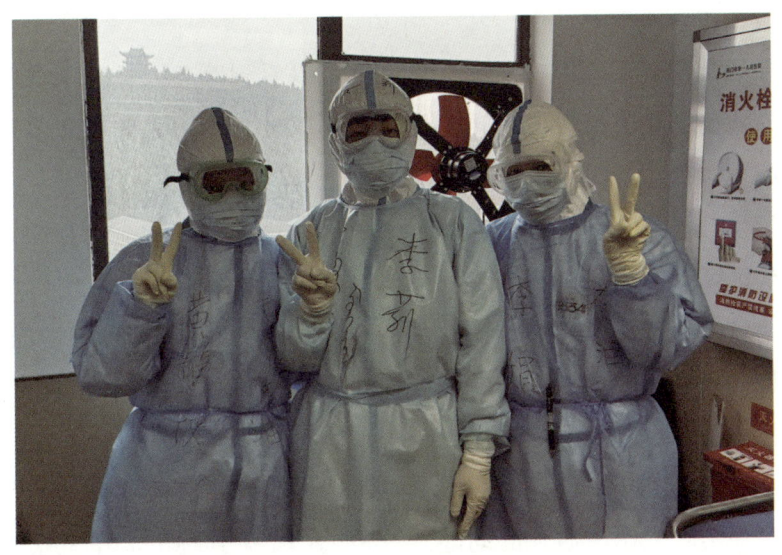

全副武装,互相鼓励。

此后,便是李莉日常的工作状态。

早上7点,她和上早班的护士来到住院病区,在清洁区帮助他们挑选防护用品,提示口罩要保证密闭,要做手卫生,要逐层穿戴好防护服、手套,护目镜要先用碘伏擦拭或者洗手液擦拭,做好防雾处理……最后检查防护服的穿戴情况,保证安全后,才在他们的前胸、后背分别写上"内蒙古"3个字和他们的名字,并鼓励和叮嘱他们:"加油,一切顺利!有事随时找我!"

完成这一流程后,她来到了二楼疫情防控指挥部,向医院的感控负责人反馈在病区发现的防护用品的问题。比如,有的口罩是KN95,但是不防喷溅,建议在这方面予以加强;有的防护服没有国家的执行标准号,是不符合进入隔离病区要求的,建议更换……

接下来,她在监控设备下,监督指导即将下班的医务人员脱防护服的流程。9点以后,下班的医务人员全部检查完毕,她同医院感控专职人员拿着早已准备好的《病区感控措施督导检查表》逐层病区进行检查。

在清洁区不需要穿防护服。在这里可以看到医务人员进入病区之前、病历交接、急查标本转运的流程,以及防护用品储备和消毒药械配比和使用情况……

她也会进入隔离病房。她进入病房是"挑刺儿"的。她会注意查看病区疑似患者、确诊患者的隔离管理情况,病房和走廊空气消毒、物表消毒情况,医务人员防护情况,医疗垃圾分类和处理情况,以及使用呼吸机、导尿管、中心静脉插管的相关感染防控措施执行落实情况,等等。

医务人员见到李莉这些感控人员都特别热情,总是问东问西,询问各种实际工作中遇到的问题,总是说:"见到你们心里就踏实些,要经常来我们这里看看啊!"他们此时的态度与疫情暴发前是截然不同的。

完成了荆门市第一人民医院的防控工作,李莉又随医疗队领队李杰同志赶赴钟祥市等其他定点救治医院,进行防控实地指导。在此期间,处理了两起医务人员针刺伤职业暴露事件。值得庆幸的是,通过体温监测、CT、血常规和核酸检测,这两名护士安然无恙。

忙一个月了

沿途的油菜花开了,玉兰也在枝头绽放。望着窗外倒退的风景,他的脑海里浮现出这一个月来的一幕一幕。

内蒙古援鄂医疗队
李 杰

致敬
逆行者

忙一个月了

凌晨两点,内蒙古对口支援湖北省荆门市前方指挥部驻地2106房间,灯仍然亮着,援鄂第一医疗队领队李杰正在梳理各个医疗小组存在的问题,再有6个小时,他要和前方指挥部的张立新、赵宏斌同志到各个医疗小组走一趟,他必须在临行前做到心里有数。

他翻看了一下手机日历标注的活动日程。2月28日记载的是"满月",这是他来湖北省前备注的。既是给自己设定的归期,也希望是疫情结束的日子。没想到,时间过得真快,转眼就一个月了,医疗队仍然在这里同疫情进行着斗争。

他忙碌到凌晨4点才睡下。在荆门工作期间,熬夜已经成为李杰的常态。作为队长,感控、救治病人、物资分配、安全管理、文化生活、心理咨询……有太多的事情需要他操心。

早晨8点,他和张立新、赵宏斌同志一起乘车出发了。沿途的油菜花开了,玉兰也在枝头绽放,车窗外的风景,让几个人的心情好了起来。张立新和赵宏斌在讨论物资供应的事情,这次出来,他们带上了自治区援助的医疗和生活物资,准备分发到各个医疗小组。

李杰更多关注的是140名医疗队员的生活、工作情况,偶尔打断张、赵的谈话,和他们商量具体问题的解决方案。虽然前方指挥部给他们明确了分工,但是他们总在一起,每个人对全部医疗小组的情况了如指掌。

李杰的性格比较内向,不善于言语表达,但是心思缜密,凡事都会考虑得十分周到,受到了医疗队成员的普遍尊重。此时,望着窗外倒退的风景,他的脑海里浮现出这一个月来的一幕一幕。

新冠肺炎疫情发生后，国家紧急部署各省援助湖北疫情防控。李杰主动请缨，前往荆门市一线进行疫情防控工作。他的选择得到了爱人的支持，"去吧，那是组织对你的信任"，她说，"照顾老太太，有我呢，放心。"女儿在读大一，专业是医学，李杰临出发前，她还问父亲需不需要志愿者，"我想跟着你们给专家搞服务"。李杰疼爱地看着女儿，心里有几分不舍。

由于荆门市的疫情比较严重，病患的救治需求紧迫、任务重。晚上10点到达荆门驻地后，他就与当地卫健委的负责同志对接，按照需求制定人员分配方案。第二天早餐后，队员们就被派驻到荆门市区、钟祥市、京山市、沙洋县和屈家岭管理区5个地区的集中定点医院开展救治工作。

由于居住酒店距离定点医院的路程较远，上早班的队员在天蒙蒙亮时就坐班车出发了。下班后，他们先要完成身体清洁，才去用餐，饭菜凉了就再热一下。令李杰感动的是，面对困难，大家都毫无怨言，默默地按照要求，按部就班地进入医疗救治程序。

前期，为了减少感染，好多女医务人员都把自己喜欢的长发剪成了短发，男同志剃了光头，队员们把不达标的防护衣物，经过精心裁改，变成了可用的靴套，好多克服困难的场面着实让他感动，也让他下定决心为他们做好服务工作。

由于疫情来得突然，患者较多，医院床位紧张，钟祥和京山两市临时征用了两家民营医院。医疗队员到位时，还不具备收治病人的条件。医疗队的各组感控管理专家第一时间进入医院，帮助当地指导改造病区，完善救治流程，病人也陆续转到集中救治医院。

当时，全国防护物资都紧缺，内蒙古医疗队派出的医务人员来自全区4个盟市13家公立医院，随身带来的防护物资也不均衡，有一半队员缺少物资，当地又不能及时提供保障。李杰动员大家发扬

团队精神,把带来的物资先共享使用,短时间内保证了医疗队员顺利开展救治工作。

车辆在钟祥市内蒙古医疗小组驻地门前停了下来,小组组长王彦和几名休班的小组成员已经等候在门口了。李杰一下车,王彦就迎了上来,"战友"见面感觉格外亲切。王彦和张立新、赵宏斌也打了招呼,说:"又给我们送好东西来了。"

张立新和赵宏斌招呼几名男同志一起搬运物资,按照分配数量,将物资搬运下车,赵宏斌做了详细记录,并让王彦签字确认。小组成员兴高采烈地围着物资谈论着,有的人开始拍照,不但和物资拍照,还和李杰等人合影留念。

李杰清楚地记得,医疗小组刚到钟祥市的时候,一度出现物资供应不足的情况。王彦迅速向李杰通报情况,李杰知道,在疫情防控紧张的时期,物资保障意味着什么,他迅速与后方联系。大约一周后,物资还没有到位,王彦告诉他,再过一天,物资保障就会断了……

李杰见状,紧急联系荆门市政府领导,协调物资救急。第二天一大早,王彦高兴地告诉他:"当地医院送来140套防护物资,工作又接续上了。"其实,这种情况时常会发生。李杰和前方指挥部的张强白天到各地沟通对接工作,协调生活保障、配送物资,晚上回来调度各组工作量,汇总上报,坚持每天向前方指挥部汇报医疗队工作情况,凌晨2点以后休息已成为常态。

趁着医疗组成员忙着搬运物资,李杰向王彦询问医疗小组的党建情况,叮嘱她一定要发挥好临时党支部的作用。王彦说:"您放心吧,我们这里的党员干劲儿足着呢。"

内蒙古援鄂医疗队出发前,自治区卫健委机关党委批准医疗队设立临时党总支,要求在"阵地"上把党建工作做好。到达荆门市

后，李杰把临时党支部建在各驻地医疗组，并且完善了党组织架构，要求各医疗小组充分发挥基层党组织的战斗堡垒和共产党员的先锋模范作用。

加入党组织成为一名共产党员，是很多人的愿望和梦想。刚到一线不久，就有不少医务人员向党组织递交了入党申请书。按照组织程序，党支部经过一个阶段的考察培养，2月13日，在同一时间不同驻地，李杰组织各医疗组用手机视频召开了党总支会议。会议上，7名入党积极分子转为预备党员，58名递交入党申请书的同志成为入党积极分子，并举行了入党宣誓仪式。

运送物资的车辆离开钟祥市，向京山市方向行驶，这一天，他们要把物资分别送到各个医疗小组的驻地。他们算计着时间，这些工作在天黑前基本能够完成，晚上还能赶上荆门市区驻地的晚饭。

李杰（左）、张立新（中）、赵宏斌（右）在沙洋县中医医院调研。

忙一个月了

车上这3个人，基本没有吃上过热乎饭菜。物资管理是十分辛苦而细致的工作，接收、分配等工作占去了他们大量的时间。兵马已动，粮草必须保证，他们每个人必须拿出足够多的时间，处理好这些问题。

而对于医疗队长来说，需要处理的事情更多，要关心到医疗队员的吃喝拉撒睡。李杰没日没夜地运转着，生怕漏掉管理中的任何一个细节。有队员感冒发烧，他会一直跟踪到他们痊愈，在疫情期间，"发烧""咳嗽"是敏感词，李杰必须确认他们不是感染了新冠肺炎病毒。

令人揪心的事情也时有发生。

投入救治工作的第二天，包钢第三职工医院的一名男护士在病区处理医疗垃圾时意外划伤了手部，存在很大的感染风险。这名队员十分紧张，身边的队员按流程，帮助他进行了处置，让他留在住处停班养伤、观察。

事件发生后，李杰带着感控专家李莉赶到驻地，代表党组织对这名同志进行了慰问。这名同志十分自责，也很难过，觉得给大家带来了麻烦。李杰细心安慰他之后，每天都和他进行好几次沟通。李杰的关心让他十分感动，过了两三天，伤口刚愈合，他就积极要求上班。

此时，他又出现发烧症状，并持续高热。李杰和队员们着急起来，要知道这样的职业暴露事故不能排除感染新冠肺炎病毒的可能。如果是这样，那么后果会十分严重，甚至整个医疗组都会被隔离，救援者很可能成为新增病例……

李杰紧急协调当地医院，对他的病症进行检查。检查结果出来了——扁桃体发炎，虽然是一场虚惊，但李杰还是不敢大意，一面叮嘱全体队员多加小心，一面为这名护士做新冠肺炎感染排查，全

部流程走下来后,人们才真正放心了:感染病毒的可能性被排除!

经过针对性的炎症治疗,几天后这名护士的病好了。他又急着要求上岗,李杰劝他说:"你再观察两天,一定要确保安全,另外,带病工作会影响工作效率。"他说:"李队,我怕疫情结束就没机会参加救治工作了,我不能给医疗队丢脸。"看到他没什么大问题,在休息了两天后,这名队员重新回到了工作岗位。

李杰和张立新、赵宏斌说起这件事,仍然心有余悸。

物资终于在天黑之前发放完毕,三人返回驻地时,已经是8点多了,宾馆送来的饭菜已经凉了。李杰匆匆忙忙地吃了一口,又拿出那本写满了字的笔记本,开始安排第二天的工作。

 ## 贺新生的"新生"

每一刻地守候,不间断地守护,大家都在忙碌中,紧张地渴盼一个"生命奇迹"!

内蒙古援鄂医疗队
张 卿

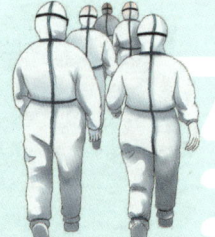

致敬逆行者

贺新生的"新生"

3月30日，张卿教授收到来自荆门市的消息：贺新生（化名）在3月23日已出院。此时，张卿正在鄂尔多斯市隔离休养，听到这个喜讯，本来已经逐渐平复的心又激动起来，泪水夺眶而出。

从荆门市撤离时，张卿的嘴里还在念叨着这位名叫贺新生的患者。这是一个青春、阳光的大男孩，热心于公益事业，吹奏的萨克斯曲《回家》，听了令人心动。

贺新生的出院，使他成为荆门市第一人民医院首例运用ECMO技术救治成功的新冠肺炎患者，也是内蒙古和荆门市专家携手精准施救、浙江专家参与的成果，其中凝聚了三地专家太多的心血。

1月30日，荆门市第一人民医院接收确诊患者贺新生。之前，他在另一家医院进行检查时，肺部CT发现双肺感染，新冠病毒核酸检测呈阳性，但是病情不重，属于新冠肺炎的普通型。他来到荆门市第一人民医院后，医生对他进行了常规的新冠肺炎抗病毒的治疗，不料，复查肺CT竟然有加重的趋势。

对于医生来讲，轻症转重症是他们最不愿意看到的，也是他们始终在对抗的难题。他们的目标是，通过努力救治让更多的重症转轻症，轻症到康复。这是他们一直在努力的方向。因此，贺新生的情况，引起了他们的极大关注。

当地医院的心血管内科、感染科、呼吸内科、重症监护室医务人员察觉到问题的严重性，立即找到内蒙古医科大学附属医院的张卿教授、徐磊教授和乌兰察布中心医院的鲁长胜教授，请求组织会诊，进行病例讨论。

专家们汇集在一起，从患者入院之前的症状开始分析，再查看

现在的检查结果,一致同意调整治疗方案,并作如下治疗:给予抗病毒、无创呼吸机、预防性抗感染、糖皮质激素、甲强龙 160mg 加量至 320mg 以及对症支持治疗。

然而,这个治疗方案和治疗方法的实施,并没有达到预期效果,患者的病情反而迅速恶化,出现持续高热、呼吸困难等情况。复查肺 CT 较以前"变白",同时无创呼吸机也无法维持血氧饱和度。

张卿看着病床上的贺新生,心里很难过。她心里在想着:怎么办?患者年仅 33 岁,而且是新冠肺炎的志愿服务者,是对抗击疫情做出贡献的年轻人。她抬头看了看其他几位专家,见他们也在望着自己,像是在等待着她的决策。

"一定要全力以赴挽救这个年轻的生命!"张卿不再犹豫了,提议道。她的提议得到了团队所有专家的一致响应。治病救人,是医生的天职,挑战疑难,是这些专家们的本能。

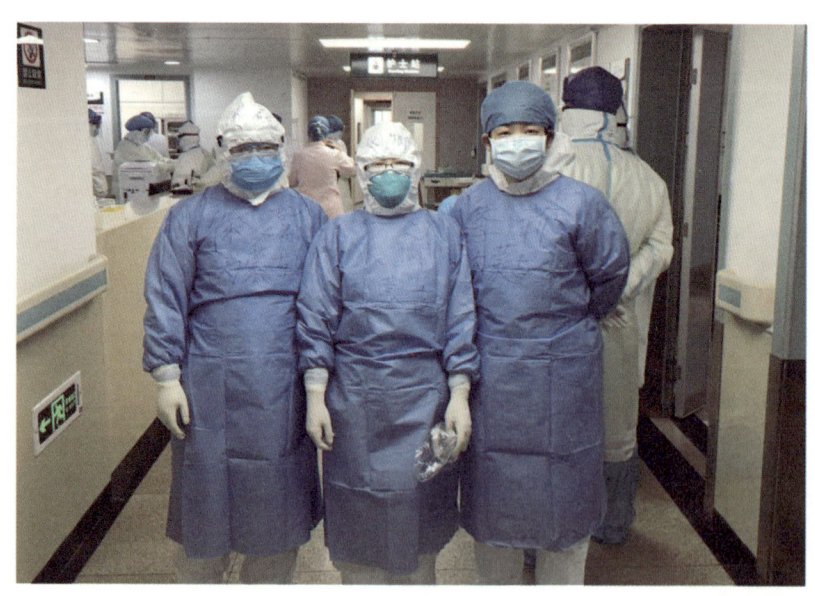

和战友们合个影。

时间就是生命！

张卿、徐磊、鲁长胜和荆门市第一人民医院呼吸与危重症医学科陈天明教授商量，决定联合麻醉科杨昌明教授、胸外科易军教授、感染科邱其武教授、重症医学科李任翔教授，以及医务科长谢金元，组成重症救治团队。他们集中专家的智慧和力量，来救治更多的重症患者。

经过内蒙古与荆门市的专家反复会诊讨论，决定由两地专家成立 ECMO 团队，由杨昌明主任担任队长。在杨昌明的组织下，ECMO 团队迅速行动起来，认为贺新生的病情是选择使用 ECMO 技术的最佳时机，立即制定具体使用方案，同时做好施行 ECMO 技术的相关准备工作。

在此期间，荆门市第一人民医院段睿院长、李军书记以及王海军副院长高度关注对贺新生的救治工作，全程参加了讨论。"一把手"的重视，使 ECMO 团队得到了医院层面的全力支持，救治工作得以顺利推进。

2月4日，贺新生在局麻状态下，经过右侧股动脉及右侧静脉穿刺，实施 ECMO 治疗。紧张的救治工作开始进入实质性程序：2小时一次血凝常规监测，随时调整抗凝方案；4小时一次动脉血气，根据血气结果调整 ECMO 参数及呼吸机参数。医生和护士开始紧张起来，按照专家制定的治疗方案，严格执行着每一个治疗流程。

每一刻地守候，不间歇地守护，大家都在忙碌中，紧张地渴望一个"生命奇迹"！

ECMO 并不是用来治疗基础病的，但能给肺脏一个修复的时机，简单地说，就是通过 ECMO 设备暂时代替心脏和肺脏功能，对于肺炎患者来说，当肺脏不能正常工作的时候，由机器替代它的供氧功能，给受损的肺脏一个恢复的机会。

"救治能否成功，基础病的治疗是根本。"徐磊说。

使用ECMO以后，治疗的进展并不是一帆风顺。这是意料中的事情，如果不是难治，也就不用这么多专家出手了。人们做好了各种心理准备，但是大家都希望是一个美好的结局。

疫情环境下，任何一个美好的结局，都会给医生和患者带来极大的鼓舞。然而，好事注定多磨。

2月6日，患者血氧饱和度只有70%—80%，并且逐渐在下降。夜间，专家们又对贺新生实施了紧急的气管插管有创呼吸机辅助通气的治疗；再复查胸片，影像学仍在继续"变白"，病情仍然没有得到有效控制，并且向危重发展。

专家们都知道，当患者的肺脏全部变成白色，这个年轻的生命也就中止了。

怎么办？贺新生的病情牵动着专家团队成员们的神经。新冠肺炎是新出现的人类未知的传染性疾病，没有可供参考的经验。短短1个多月时间，《新冠肺炎治疗方案》已经更新了5次，说明很多治疗都有新的发现。

而此时，从武汉传回来的消息也让张卿等几名专家感到无奈：施行ECMO治疗的病例成功率极低。这意味着，他们的努力可能会白费。"该上的治疗措施都上了，还不见好，怎么办？"张卿同团队的其他专家一样备受煎熬！

如何把年轻的生命从死亡线上拉回来？

只能靠自己对疾病的认识了，患者病情加重迅速，痰少，主要原因可能是炎性风暴引起主要侵及肺部的免疫损伤。目前的关键问题，是最快最有效地抑制、阻断炎症风暴！

实际上，当时的情况，专家们已经无路可走！如果按照现在病情的进展速度，患者可能很快就会衰竭死亡！专家们陷入了争论、

贺新生的"新生"

犹豫、沉思当中。专家们不怕承担"万一"的结果,但是他们心疼这个年轻的生命啊!

当晚,患者的血氧急剧持续性下降至50%左右!张卿在大脑里快速分析着使用和不使用激素冲击治疗的利弊,忽然下定了决心:"继续想办法救治,坚决不能放弃!否则这个人就没了!"

救治工作进入一个新的阶段。

2月14日,江苏省对口支援荆门市的浙江邵逸夫医院医疗队来到荆门,组建ICU并开始运行。这是一家有着治疗传染病经验的专业团队,ICU的组建,对于治疗更多重症患者,必然会发挥极其重要的作用。

此时,ECMO团队的成员们正在焦急地等待着贺新生的"新生"。

时间在一天一天过去,专家们在一种紧张的情绪中期待着。终于有好消息传来:患者血氧饱和度稳定,维持上升,并且能维持在95%左右!肺功能、体温、检查化验等各项数值都在逐渐恢复中,关键是复查胸片不再像以前那么"白"了,肺部炎症得到有效控制,趋于稳定!

专家们悬着的心暂时放下了。

2月16日,医务人员给予患者很低的氧,即可达到较高的血氧饱和度。这说明患者的肺脏基本恢复到可以支持生命的程度了,ECMO即将光荣地完成它的使命!这个年轻的生命终于得救了!

按照重症病人集中管理的原则,经讨论决定,贺新生于2月18日转入ICU。2月20日,他的肺脏工作正常,邵逸夫医院的专家决定,进行撤机处置。撤机后复查肺CT,已明显好转,贺新生过了ECMO这一关,ECMO圆满完成了使命,光荣"退役"!

在这场"死神"与生命的争夺赛中,内蒙古赢了,荆门市赢了,

浙江省赢了，贺新生赢了！

这是跨省协作医疗救治产生的奇迹。贺新生的医疗合作救治案例，只是这次"抗疫"战争中的一个小插曲。

在湖北省荆门市，荆门市第一人民医院、内蒙古医科大学附属医院、浙江大学医学院附属邵逸夫医院3家医务人员，打破地域、学科及科室壁垒，通力协作，多次进行多学科大会诊、远程医疗会诊等，建立满足患者病情需求的"一对一"、精准的个性化联合诊疗模式，通过密切协作、高度融合、群策群力，挽救了众多荆门地区新冠肺炎患者，尤其是重症以及危重症患者的生命。

致敬英雄 **武汉闫妈是位内蒙古人**

我们做到了,最后我作为队长,我把所有的队员,一个都不少地带回了家。

内蒙古援鄂医疗队
闫 蕾

致敬
逆行者

武汉闫妈是位内蒙古人

2020 年3月18日，武汉天河国际机场。内蒙古第二批支援湖北省医疗队正在撤离。在候机大厅，队长闫蕾面对媒体的采访，流泪说道："我们做到了，最后我作为队长，我把所有的队员，一个都不少地带回了家。"

这段视频迅速火遍全国，闫蕾的名字也火遍了全国。

直到登机，坐在座位上，闫蕾的情绪依然没有平复，武汉江汉区方舱医院的日日夜夜像一幕幕电影在她脑海里闪过，定格了一个个难忘画面。

"闫妈！"

"武汉闫妈！"

在武汉内蒙古医疗队里，这个称呼代替了名字，代替了职务，每天被101名队员们喊着。而"闫妈"则在亲热、信任的呼叫中忙作一团，真的就像一个母亲在照顾、帮助一群孩子。

"闫妈"就是闫蕾，一名80后，内蒙古自治区卫生健康委员会保健处处长。

"他们都叫我闫妈、武汉闫妈。我还没当过妈，一下子就有这么多'娃儿'，心里既有暖意，也有满满的责任感，感觉肩上的担子更是重重的。"闫蕾说，作为领队与"大管家"，她既是101名内蒙古最美逆行者的"闫妈"，也是所负责的江汉方舱医院（一病区）内蒙古护理人员的主心骨。

从2月4日星夜驰援武汉，到整建制撤离，这支医疗队已在武汉奋战了44个日日夜夜，"闫妈"和她的队友们坚持着、努力着，用医者仁心，把来自内蒙古的无私大爱，传递给患者，传递到武汉。

紧急集结

故事要从2月4日凌晨说起。是时，内蒙古自治区卫健委收到国家紧急支援武汉的集结令。

当日下午，来自全区8个盟市的27支医疗队100名专业护理人员、1名领队和1名联络员组成的队伍紧急出发驰援武汉。有的队员来不及和家人告别，有的瞒着自己的亲人义无反顾地踏上征程。

闫蕾，被自治区任命为这支医疗队的队长。

闫蕾说："队员们前一天还在工作岗位，听到集结令，积极响应党的号召，主动请缨，匆忙准备。他们既有共产党员视死如归的大无畏精神，也有大灾面前挺身而出的勇气，更有面对肆虐疫情的忐忑和作为医者敬佑生命、救死扶伤、甘于奉献、大爱无疆的天然使命和精神……"

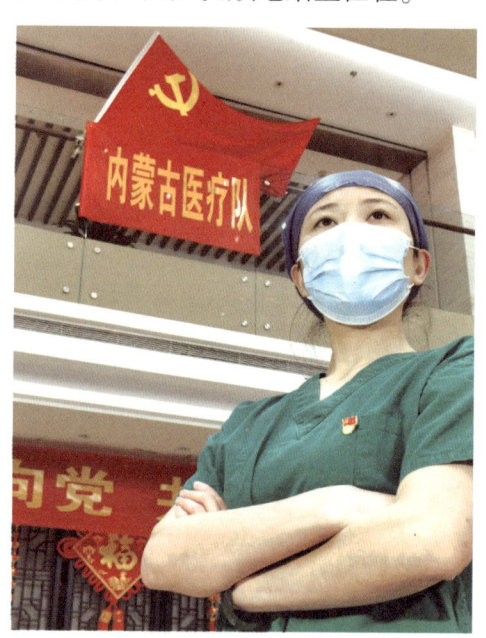

党旗的召唤。

号角吹响，队伍集结，千里奔袭，落脚武汉，开展工作……这个过程干净而迅捷，来不及思考太多，更来不及准备太多，这批白衣战士已经在工作岗位上了。

人们都记着抵达武汉机场时发生的感人一幕：在机场，一名当

武汉阿妈是位内蒙古人

地小伙儿将两只N95医用口罩塞到医务人员手里，还写下了简单的留言：谢谢你们冒着生命危险来到武汉……

当队员把两只口罩和一封短信递给闫蕾时，她默默地转过身，泪水浸湿了眼角，这让她更加明白武汉保卫战的艰险……要知道，在疫情暴发之地，这两只口罩意味着生命和安全！这个小伙子送给医务人员的两只口罩，不仅代表着情谊，更代表着他对医疗队员安危的担心。

执行铁律

清晨，在首个落脚点——武汉市江汉区的酒店，闫蕾给整装待发的队员们进行了战前动员。动员会上，成立了临时党支部。从此，这支队伍就有了一个响当当的名字——内蒙古援助武汉护理尖刀队。

经过一天的院感培训，医疗队员进入武汉第一批开舱的江汉区方舱医院，他们也是首批进驻这里的团队。他们面对的是患者希冀的目光，面对的是陌生简陋的工作环境，面对的是极大的感染隐患以及诸多未知的因素……

进入方舱医院的前一晚，闫蕾在"尖刀队"的微信群里不断地给大家加油打气："稳住、稳住，无论面对什么情况，我们只有稳住了，才能进行思考，才能不乱阵脚。"

把50名队员送进方舱医院，闫蕾回到房间，想到队员们正在面对的"敌人"，忍不住号啕痛哭，下一秒她无法预料……

从方舱医院下班回来，许多队员沉默着……

那夜，闫蕾无眠，接听队友电话，和他们沟通，给他们鼓劲，和方舱医院协调……为了救治病人，为了保护队员，她努力改变方舱医院里院感的条件。

第二日，武汉市依旧没有太阳。队员进舱前，闫蕾依旧"喋喋不休"地提醒队友们："我要求的底线，是遵守纪律和零感染，零感染就是在任何时候都要保护好自己，这是铁律，必须遵守！"她和队友们说，我们是来参加救治工作的，是为国打仗的，保护好自己，才能救治更多病患，才能不给国家添乱。

队员们走了，闫蕾利用一切可以利用的时间，不断修订完善驻地以及方舱医院感控流程及办法。

几天后，在各方的协调下，医院的防控条件终于得到了改善，感控流程也得到了完善。但是闫蕾仍然不敢有丝毫大意，因为她知道未来的情况还无法想象。

感控，感控！每个人都在抓感控。面对肆虐的疫情，闫蕾丝毫不敢乐观，零感染成了她全天候的"心病"——"何时我们一起安全回到大草原，我才能放心，才能安心！"

冲锋"战士"

"尖刀队"队员中 80 后、90 后占比 95%，他们既是患者的天使，也是草原的儿女，更是战胜疫情的中坚力量。闫蕾和队员们的目标是：一切为了患者的健康！于是，队员们 4 班轮转，有的人凌晨才能回到驻地。

虽然在笑着，有的队员还会哼起歌曲，但是防护设备在他们身上留下了清晰的勒痕，消毒液在腐蚀着他们的双手……着实令人心疼。然而，在严酷的形势下，这些"轻伤"已经算不得什么，更加令人担心的是生命安全。

也正是他们，用生命激励着冲锋者的斗志！

医疗队的工作开展得越来越顺利，人们战胜疫情的信心越来越足,他们把自己的信心传递给患者,令患者从焦灼的情绪中解脱出来,一起向"必胜"努力着。

闫蕾仍在不断地修订完善排班制度,从最初的4班4组调整为4班6组,更多的队员有了充足的休息时间。而队员们也在努力克服着防护设备带来的各种不适,从未离开过救治患者的工作岗位。

真容相见

内蒙古大草原的辽阔与壮美,赋予了草原儿女真诚与豁达的性格。尽管这些队员们时时面对生死,但仍保持着乐观主义精神。

闫蕾要求队员在防护服帽子左边写上"内蒙古"3个字,右边写自己的名字。但是,这些可爱的队员却"调皮"了起来,有的人将名字写成"牛肉干",有的写上了"奶茶",有的则写着"烤全羊"……方舱医院里的患者,也已经能够"识别"那些笔画流畅的蒙古文。

年轻的"武汉闫妈"仍然在"絮叨"着,在队员们每次出发去医院之前,她都要叮嘱他们,保护好自己,照顾好自己,护理好病人,也要做好病患的心理疏导工作。

在她的引导下,内蒙古医疗队员与方舱医院里的医患交流得非常和谐频繁。"大爷,今天感觉怎么样?""阿姨,您马上就能出院了,不要着急……"

这里住的都是轻症患者,隔着防护服,医患之间的互动交流一直在进行着,对内蒙古的医务人员,对防护服里发出的有些发闷的声音,对防护服上的那些名字,患者们已经形成心理依赖……

在"尖刀队"队员的专业治疗和精心照料下,江汉区方舱医院的治愈出院者越来越多,他们以各种方式表达着自己的谢意。在病房走廊的墙上，贴着一张张纸片，记录着患者对医护们的"情话"，一声声"谢谢"虽然简单，却饱含着患者对内蒙古医疗队员的深情厚谊。

有患者说："从开始的陌生到成为好朋友，都不知道你们长什么样，等一切过去，我们一定真容相见！"更多的患者则对内蒙古大草原生出了特别的情感，他们纷纷说："等我们好了，等武汉好了，我们要去内蒙古看你们，要吃烤全羊！"

飞机升空了，平稳地飞行在万米高空。疫情初胜的喜悦，回家的美好心情，让医疗队员们有些兴奋，他们带着武汉人民真情相送的感激，带着对患者的牵挂，执行了撤退命令。此刻，他们是放心的，武汉正在治愈！

致敬英雄

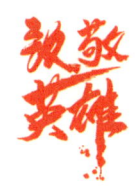

“战”京山

弘扬吃苦耐劳、一往无前，不达目的绝不罢休的蒙古马精神，在荆楚“战场”与湖北人民一道，守望相助、同舟共济、共克时艰，书写着大爱无疆、医者仁心的最美篇章。

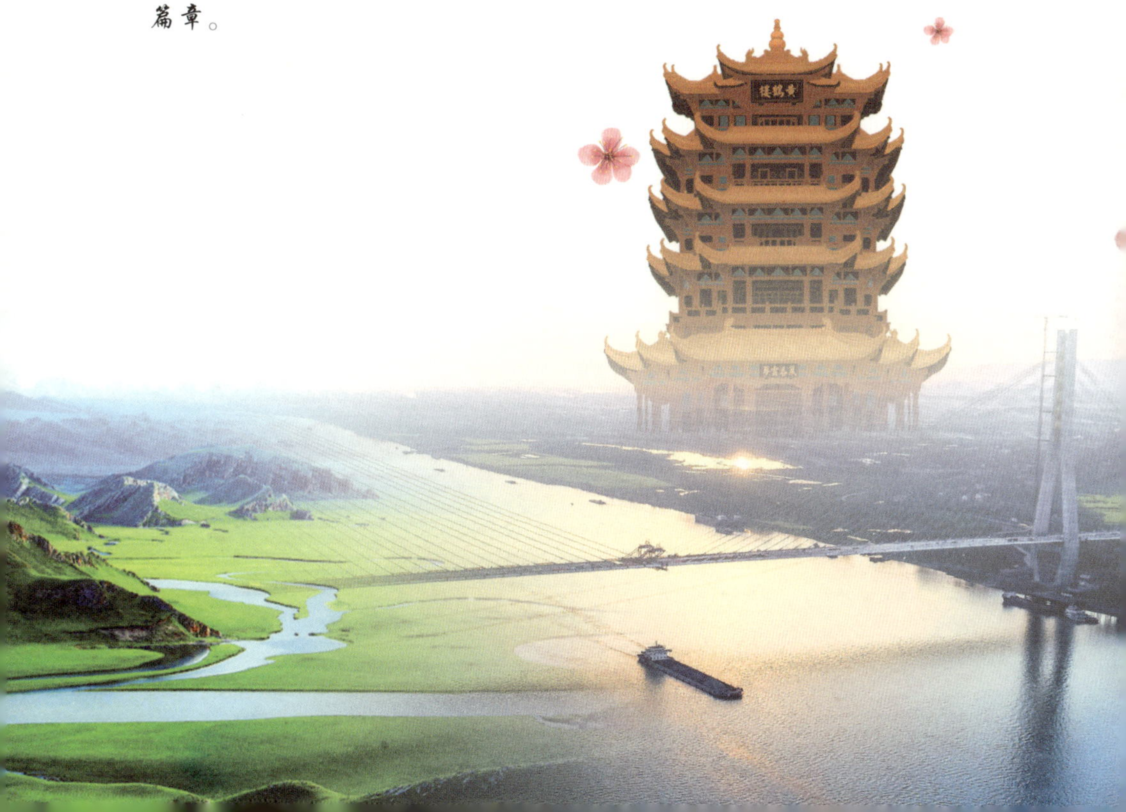

内蒙古援鄂医疗队
郑冬梅

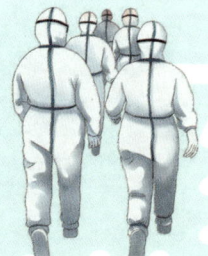

致敬逆行者

"战"京山

3月15日,京山市仁和医院结束了新冠肺炎患者的救治使命,医院剩余的包括非新冠肺炎病例的42名患者,分别被转到京山市的另外3家医院继续接受治疗。内蒙古援鄂医疗队京山组进入整休状态,原地待命。

这次疫情是新中国成立以来,我国发生的传播速度最快、感染范围最广、防控难度最大的一次重大突发公共卫生事件。

回顾37名队员近一个半月的"抗疫斗争",京山组领队、医疗组组长郑冬梅疲惫的脸上终于露出"初胜"的笑意,说了一句:"真不容易!"

重新"布阵"

初期的战斗,进行得远比想象中要艰难:患者救治难度大、人数多,防控措施不健全,物资短缺严重……可以说是危机四伏。

京山组一行1月29日中午抵达京山市,由来自内蒙古自治区的7家医院的医务人员组成。大家对初抵时的情形记忆犹新:京山市仁和医院刚被征用,布局上还不符合传染病防治的要求,他们面对的"阵地"存在较多的防守漏洞。

郑冬梅是内蒙古自治区第四医院内四科主任,有着专业的传染病防治经验,看到这种情况,立即建议院方按传染病感控要求改造病房,设置"三区两通道"。她的建议得到了进驻医院的响应,仅用两天的时间就完成了对病房的物理改造。

医疗队队员立刻投入临床诊疗护理工作中,与进驻医院医务人员联合排班。疲惫不堪的当地医务人员长出了一口气：终于有了喘息之机。

在救治工作中，他们发现京山市人民医院同时承担着3个定点医院的医疗救治工作，医务人员力量严重不足，派到仁和院区的医生多数不是从事呼吸或感染专业的医生，已经影响到治疗效果。

郑冬梅建议，建立包括内蒙古医疗队员在内的专家联合会诊机制，发挥内蒙古医疗队员擅长呼吸、感染及重症的专业优势，为危重、疑难、合并基础疾病的病人进行会诊，为他们提供更及时、更合理的诊疗措施和方案，同时对当地其他专业的医生进行专业指导。

她的建议立即被采纳并且应用于救治实践。这项建议，使普通患者转为重症、危重症的状况得到明显改善，为挽救患者的生命争取了宝贵的时间，对提高收治患者能力、降低病死率发挥了重要的作用。

感控"实战"

随着疫情的蔓延，医务人员感染的风险越来越大！郑冬梅的心始终悬着。于是，她向医院建议实行"不见面、利用微信视频进行交接班"的方式。她的建议再次被采纳。

郑冬梅作了如下安排：内蒙古第四医院的梁改莲、郭俊青、段娟3名护士长和李带娣、拾兆丰两名护士专门负责感控工作。他们的职责是：制定医院的感控流程，培训医务人员穿脱防护服，以及其他感控工作。

救治病人，先要保护好自己。为防止进入病区的医务人员因麻痹大意造成感染，负责感控的护士不厌其烦地对每一名医务人员进行反复更正和检查；防护服规范穿着，口罩、护目镜之间是否留有缝隙……他们不会放过任何一个细节。

他们每天平均要帮助70多名医务人员穿防护服，每一次的检查都要花费近20分钟。看了又看，查了又查，反反复复地垫纱布，一道一道地贴胶布……在他们的协助下，"战友"们都能够穿着防护安全的"战袍"进入病房。之后，他们便开始不间断地消杀、清理医疗垃圾，还要为每一个护目镜做清洗消毒、防雾处理等工作。

穿防护服的问题解决了，"脱"又成了问题。因为脱防护服要在污染区进行，没有人监督，尽管感控人员反复提醒大家一定要"缓慢"脱卸，每一个动作后必须紧跟"手卫生"，但是，因为防护意识不强的原因，效果并不理想。

一天，郑冬梅查完房，来到脱卸防护服的区域，一下子被眼前的景象惊呆了：整个污染区一片狼藉，走廊里到处都是脱下的防护服，呈现出各种各样的形状，有的防护服甚至直接被脱出一个"人"形扔在地上，两个一米多高的垃圾桶里堆满了防护服，桶盖已经盖不住了，几乎没有一件废弃的防护服是符合感控要求的（从里到外卷成一小团）。

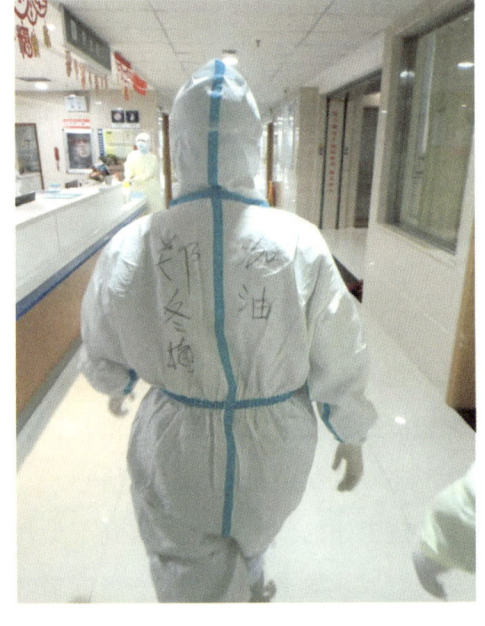

前进的步伐铿锵有力。

多么危险啊！郑冬梅立即将情况上报医院感控科，要求"在污染区安装监控摄像头"！几天后，污染区的摄像头终于安装上了，自从有了这个"小警察"，所有

的人都不再掉以轻心、任性而为了。只要出现不符合规范的情况,就会有负责感控的护士长在喇叭里发出提醒、警告。

污染区的环境变得井然有序、干干净净了。负责转运医用废物的护士将垃圾收拾打包后,也会立即向地面和空中喷洒消毒剂进行彻底消杀,并用多台紫外线消毒车持续照射消毒。郑冬梅终于舒了一口气。

"战地"党建

内蒙古自治区第四医院14人的队伍中有7名党员,出发前成立了临时党支部。在紧张忙碌的工作中,他们不忘推进党建工作,把"三会一课"搬到了抗击疫情的"战场"上来,一边以实际行动践行着医务工作者的初心使命,一边抽出休息时间开展党的理论学习活动。

昂格丽玛是个活泼、有主意的女孩,被任命为临时党支部的组织委员,她按照要求精心策划活动,与分配在钟祥市和屈家岭管理区的护士三地连线,利用微信视频召开支部会议和开展党日活动。火线入党的3名积极分子邹彩珍、李带娣、李爱华,在党日活动中也都积极地进行了深刻的思想汇报,大家都坚定地表达了"不破楼兰终不还"的抗疫决心和必胜信心。

党建工作的积极开展,起到了鼓舞士气的作用。京山小组党支部发挥着战斗堡垒作用,每一名党员和入党积极分子都起到了模范带头作用。

来荆门抗疫,京山组始终保持着"零感染"的可喜成绩,京山市的医务人员也没有出现感染的情况。大家都竖起了大拇指说,这与京山组严格到位的感染控制有着直接的关系。

两地的医疗工作者齐心协力，在战斗中结下了深厚的友谊，他们共同与新冠病毒作斗争，目前已治愈出院240多例，大部分在院患者病情都比较平稳，没有再出现轻症转重症或危重症的情况。

治愈出院的患者用书信的方式对内蒙古专家医疗组表示感谢，京山市的领导也多次当面或以书面形式，向京山组全体医务人员表达敬意和谢意。

跟踪"侦查"

救援任务快要结束前，郑冬梅为了密切随访出院患者，建立了出院患者微信群。她利用休息时间和出院患者互动，询问患者出院后的情况，并且帮助他们进行自我治疗指导。

出院的病友们都很感动，他们给这个微信群取了一个十分温馨的名字——"互帮互助一家人"。自从建立了这个群，病友们每天都会不定时地提出很多问题，将自己出院后的不适症状和担忧发到群里，郑冬梅在下班后会第一时间逐一回复。

郑冬梅还利用上班时间，将群里患者住院时的所有CT一一调出来仔细阅片、对比，并用手机录像，再一一认真回复患者最担忧的肺部病灶的吸收情况等问题，叮嘱他们出院后的注意事项，安慰他们不要焦虑，要放松心情，安心休息。

京山市的医务人员和患者都舍不得让京山组的人离开，他们说："在危难时，内蒙古医疗队员和我们一起'战斗'，在疫情防控和患者救治方面起到了不可替代的作用。"

"不论我们是否撤离，都会和出院患者保持密切联系，我们郑重承诺——一如既往地做他们健康的守护者。"郑冬梅说。

最艰苦的时期挺过来了，虽然京山组这支援鄂医疗队的队员来

自不同的医院,但是却在同一个"战场"结下了深厚友谊,形成了团结互助的战斗精神。

回想起一组组升降的数字,记录着来之不易的阶段性战果,一个个患者出院的场景,京山组的医务人员百感交集……

胜利的号角即将吹响!但是,京山组并没有放松"战斗"的警惕性,他们按照内蒙古自治区对口支援荆门市前线指挥部的要求,不麻痹、不厌战、不松劲,时刻保持头脑清醒,慎终如始……共同迎接凯歌奏响的时刻。

这,只是援鄂医疗队"战疫"的一个缩影,来自内蒙古的849名医疗队员,弘扬着吃苦耐劳、一往无前,不达目的绝不罢休的蒙古马精神,在荆楚"战场"与湖北人民一道,守望相助、同舟共济、共克时艰,书写着大爱无疆、医者仁心的最美篇章。

致敬英雄

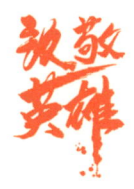

ICU 里的紧急救治

朱淑芳语意坚定地告诉她：“大姐，你一定能治好！”

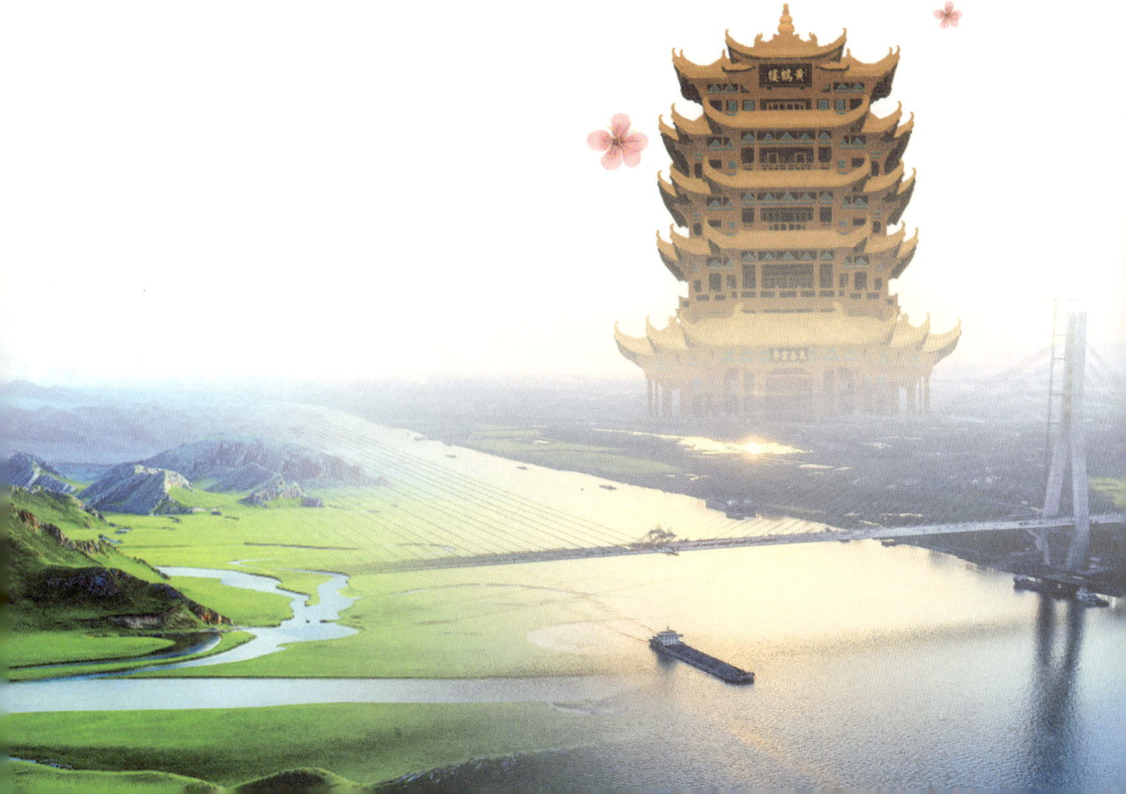

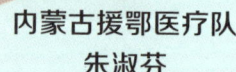

内蒙古援鄂医疗队
朱淑芬

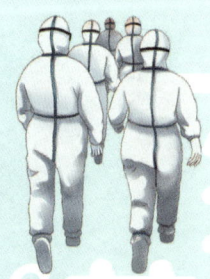

致敬
逆行者

ICU里的紧急救治

2月初的一天，钟祥版"小汤山医院"——钟祥同仁医院沐浴在晨光里。天气有些凉，天色也有些阴沉。此时，几名医务人员从班车里走了下来，默默地走向各自的岗位。

内蒙古医疗队医生朱淑芬来到重症科，和已到的医生打了招呼，随后和同仁医院的一名医生交流救治意见。虽然来了没几天，但她和这里的医生已经很熟悉了。

在新冠肺炎疫情早期，重症科是个令人谈之色变的科室，这里收治的多是危重症患者；病房里不断传出咳嗽的声音，无影无形的新冠病毒在空气中飞散，寻找着防护漏洞。

查房时间到了，朱淑芬走过标志明显的清洁区，换上了防护服，经同事确认"安全"后，向身后的同事们挥挥手，推开门走进污染区，来到住满了患者的ICU病房。

ICU，是重症加强护理病房，又称加强监护病房综合治疗室，是为重症或昏迷患者提供的隔离场所，这里配备着最佳护理、综合治疗、医养结合及术后早期康复、关节护理运动治疗等服务。因为新冠病毒传染性极强，所以这里对于医务人员来讲也是最危险的区域。

朱淑芬就在ICU病房负责危重患者的救治工作。

ICU病房从来不缺危重患者的呻吟声、滴滴答答的机器声。但这个新改造的传染病重症监护病房里却很安静，人们可以听到医务人员窸窸窣窣的脚步声，患者和医务人员轻声地交流声，偶尔传来的呼吸机报警发出的滴滴声……

入院患者在不断地增加，患者死亡的情况也有发生，对病毒的恐惧、对康复的绝望，压抑着患者的情绪，如果不是太过难受，人们都不肯发出一点声音。

"医生，你快过来！"一个听上去疲惫却很急切的声音打破了病房里的宁静。

听到喊声，朱淑芬快步走了过去，其他几名医务人员也闻声而至。

是那名54岁的危重女患者。此刻，她的呼吸困难状况明显加重，高流量吸氧下，血氧饱和度仍然难以维持在90%。

"医生，有办法吗？"

"医生，求求你救救她！"

患者的爱人就在相邻的病床，他正在吸氧，突然发现老伴的异状，情急之下赶紧呼叫医生。

朱淑芬等几名医生已经按照操作流程开始施救。患者的老伴在一边，视线穿过医务人员身体的空隙紧张地看着，时不时摘下氧气面罩急切地询问医务人员老伴的情况。

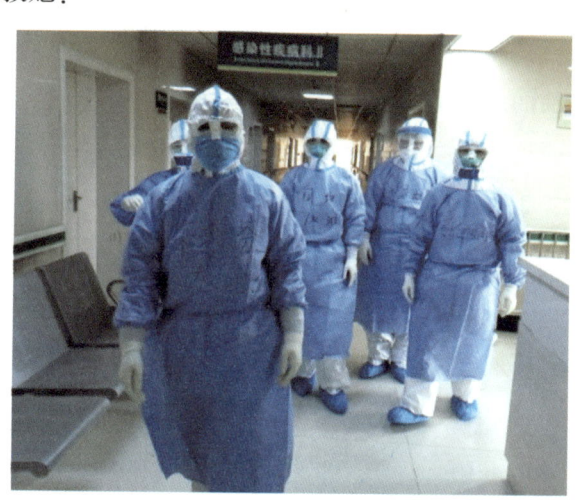

亲密的战友。

"您放心，请把氧气面罩戴好。请你相信我们，有我们在，不会有问题。"朱淑芬一边安抚着患者的老伴，一边和几名重症专家低声地讨论着救治方案。救治意见一致后，他们立即给患者戴上无创呼吸机辅助呼吸。

平常很轻松的操作，受到笨重的防护服、两三层手套的限制，显得有些笨拙。为了避免患者的老伴紧张，一名医生挡住了他的视线。

尽管朱淑芬有些着急，但是双手仍十分稳定地操作着仪器，和几名医生一起快速地连接好呼吸机管路，为患者带好头戴，并仔细观察患者的状态……

女患者本来就呼吸困难，又看到这么多医生围在床边，情绪顿时紧张起来，两手不时地抓住面罩用力地向下拉扯……人机对抗的情况出现了！

朱淑芬盯着患者和机器。此时，患者呼吸明显急促，与呼吸机的呼吸频率不再同步，并且出现了有氧饱和度下降等缺氧情况，呼吸机发出了报警的声音。如处理不当，会引起患者呼吸功耗增加、通气量下降、心脏负荷增加，甚至窒息等后果。

呼吸机的报警声，使病房里的气氛骤然紧张起来。虽然这些患者的病症没那么严重，但是他们还是不由自主地紧张起来，有几名患者已经半坐在病床上。

当年，朱淑芬在抗击"非典"的时候遇到过这种情形，她知道该怎么做。

她一边调试着呼吸机的参数，一边快速地对护士说："服药！"一边缓和了声音告诉患者："我是内蒙古来的重症科专家，你的情况非常正常，不要紧张，跟着呼吸机的节奏进行呼吸。对，你按照我的要求做，一会儿就好了……"

旁边的病床上，患者的老伴因为紧张也出现呼吸急促的症状，急切地用颤抖的声音安慰着老伴："你要听医生的，按照医生说的做，我在这里陪着你，不要害怕……"

他说话的声音并不大，还有些含糊，但很快被一名医生制止了。他明白，医生是在告诉他不要干扰治疗。他有些无力地躺了下去，

在心里默默地祈求老天帮助老伴度过这一劫。

新冠肺炎让很多危重患者暂时失去了大声说话和清晰表达的能力,这需要重症专业的医务人员通过自己的经验,结合监测、机器来判断患者的病情。所以,一个好的ICU医生要懂"读心术",明白患者所想,因势利导,让他们主动服从自己的指挥。

朱淑芬一面告诉女患者适应呼吸机的方法,一面紧紧地握着她的手,让她感受到温度和力量,尽快排除心中的无助感和恐惧感。朱淑芬语意坚定地告诉她:"大姐,现在的情况是治疗过程中的正常反应,你一定要配合呼吸机,你一定能好起来!"

"一定能好起来"这句话发挥了重要作用。多年的临床经验证明,对于一名病人来说,医生给她一个"一定能好"的信念,让她树立信心,比什么都重要。

女患者听懂了,也从朱淑芬护目镜后坚定的眼神里读懂了自信,她告诉自己,这名医生一定有能力治好自己的病,要听她的话。

渐渐地,女患者不再恐惧,身体开始放松,手也松开了呼吸面罩,呼吸频率也和呼吸机同步起来,那种窒息的感觉得到了缓解。她明白,自己适应了这部机器。

她微微用力地握了握朱淑芬的手,表示她懂了,会听从朱淑芬的安排。患者从紧张的情绪里放松下来,思维和判断力也在逐渐回归,开始有了思考和学习能力。朱淑芬暗暗松了一口气。

呼吸机的报警声渐渐消失了,患者的血氧渐渐上升,口唇也从紫绀变得红润。旁边,女患者的老伴老泪纵横,不停地拱手感谢着这几名医生。

治疗继续进行着。女患者过了呼吸机这一关,后面的治疗程序就容易很多了。病房里的其他患者看到这一幕,悬着的心都放了下来,纷纷向医生们投去了感激、敬佩的目光,有的患者还为医务人员竖起了大拇指。

　　对这名女患者的救治，产生了"信任医生"的示范效应。此后，病房里的其他患者无论遇到怎样的紧急情况，都能够按照医生的要求，积极配合治疗。因为信任，产生尊敬，他们和医务人员的交流也多了起来。

　　在此后的救治过程中，朱淑芬和她的队友经历过多次这样的场景，每经历一次，经验就会丰富一些，信心就会增强一些，救治能力也会提高一些。她们把自信传递给患者，也让他们看到了治愈的希望。

　　后来，这名女患者和朱淑芬说，当时确实是吓坏了，认为自己没希望了，是朱淑芬笃定的眼神把她从无边的恐惧中拉回了现实。那一次，尽管她说话很吃力，还是说了很多很多感谢的话。

　　她的老伴却是从感激医务人员说起，一直说到感恩内蒙古的无私救助，说得朱淑芬泪水涟涟，心里产生了满满的成就感和自豪感。这些懂得感恩的淳朴患者，就是再为他们付出一些，朱淑芬也是愿意的。

　　朱淑芬作为内蒙古医科大学附属医院重症医学科的主任医师，是第一批"全副武装"进入重症病区的医生。那时，同仁医院还没建立"三分区两通道"，病人多，病房乱，让这位曾经抗击过"非典"疫情的老兵也心里发怵。

　　这种状况很快就解决了，同仁医院的"战友"按照内蒙古医疗队的建议，用最快的速度对病房进行了改造，使治疗环境得到了极大的改善，医务人员的安全得到了有力保障，对患者救治的成果也越来越明显，重症转轻症的比例越来越高，医务人员和患者都看到了抗疫成功的希望。

　　不久，女患者和老伴治愈出院了。当他们拿到出院的"通行证"

时，便到 ICU 寻找朱淑芬向她道别，表达内心的感激之情。

可是，他们没有见到朱淑芬。有人告诉他们，根据救治工作需要，朱医生已经被调到钟祥市人民医院。他们又向曾经救治自己的医务人员鞠躬表达谢意，略带遗憾地进入了"隔离观察"程序。

致敬英雄

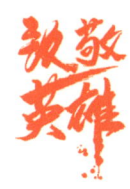

这个博士不太冷

离病人近一点，再近一点，让他们时刻能感受到内蒙古的医生和他们在一起，一起积极治疗，一起共克时艰。

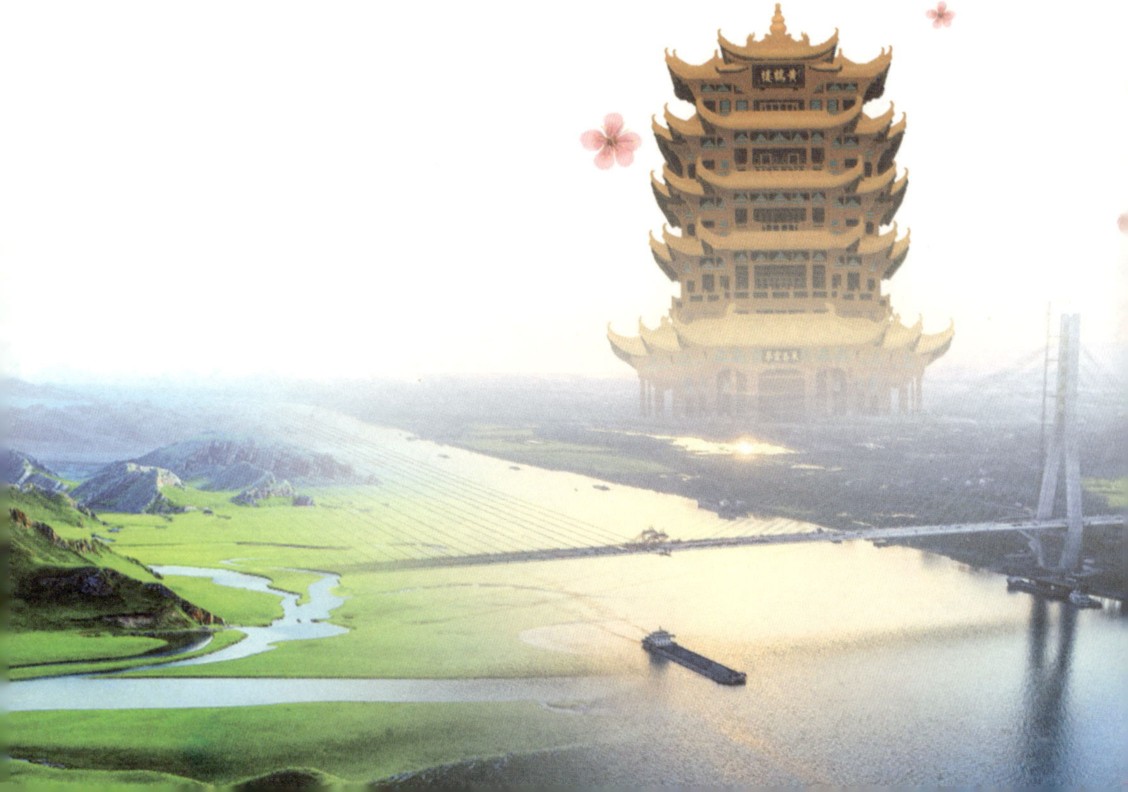

内蒙古援鄂医疗队
刘 芝

致敬
逆行者

这个博士不太冷

3月20日,第二批内蒙古援鄂医疗队员撤离荆门,荆门市人民倾城相送,在车队经过的道路两旁鞠躬、挥手、呐喊,面对这份真情和礼遇,坐在车里的刘芝哭得特别"狼狈"。

刘芝是内蒙古民族大学附属医院呼吸与危重症医学科医生,医学博士。人们总会认为博士做事按部就班,不苟言笑,很有学问。但刘芝给患者的感觉很特别,他们非常喜欢这个口才好、为人豪爽、善解人意的女博士。

新冠肺炎患者因治疗时间较长,多数出现焦虑、恐惧等心理问题,妨碍治疗的有效实施。她发现这些问题后,就采取一对一的交流方式,向患者们耐心、细心地解释病情,告诉他们每天的治疗情况,减轻他们的心理压力。刘芝采用的治病又治心的策略非常奏效,患者也因此给她起了一个"攻心博士"的美名。

"吓人"的拥抱

患者贾女士61岁,感染了新冠病毒。在病房里,她的情绪十分低落,觉得自己年龄大了,没有治愈的希望,对医务人员的帮助置之不理,甚至拒绝治疗。

刘芝每天都会遇到这样的患者,这也难怪他们,新冠病毒已经在人们心中留下了可怕的阴影。对于这类病人,必须先"医心",才能"治病"。

刘芝站在她的病床前,用平和的语气说:"我是从内蒙古来帮助你们的医生,咱这里距内蒙古有1000多公里,你看我们多不容易。

我们的目的就是希望你们能快点好起来,战胜疫情,可是您却不配合治疗,这让我们多难过。"

经过几次交流,这名患者的态度逐渐好了起来,开始配合治疗并且主动和刘芝说话。她和刘芝说:"你们大老远来的,还这样用心地帮助我们,我们再不听话,就太对不住大家了。"一周后复查,她肺部大面积的阴影好多了,当刘芝通知她可以转到轻症病房时,她突然给了刘芝一个大大的熊抱!

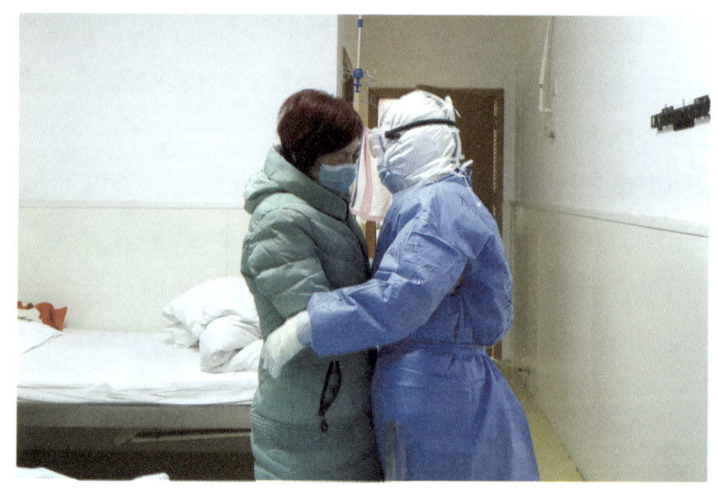

这一抱,抱出了医患真情。

当时,刘芝脑袋里"嗡"的一下,要知道患者即使是轻症,这样零距离的拥抱也会……只是瞬间,她就恢复了常态,她要用"敢于拥抱"这个事实告诉患者,你的病没事儿了。这一幕被护士长拍了下来,留下了她与患者的第一张合影。

照片被刘芝的爱人看到了,他强烈建议刘芝和患者要保持合理的距离。刘芝没有过多解释,虽然也感到了危险,但心里却有一种说不出的兴奋。她觉得自己真的像战场上的战士,在这场"战役"中锻炼了斗志,检验了所学,验证了医者的初心。

咱们一起共渡难关

患者李先生入院的第二天,弟弟就因新冠肺炎去世了,他的情绪特别烦躁,常常因为盒饭里的肉少或输液时间长等一些小事而激动,每天都会向医务人员发脾气。

刘芝接管他之后发现了他的这种状态,决定从他的需求入手"对症下药"。第二天,她从医疗队配给自己的生活物资里,把仅有的四盒肉罐头、六袋榨菜和两袋牛肉干带到了病房。

李先生看到这一幕有些惊愕,不解地看着刘芝,难道这名女医生是在给自己送东西?听说现在医院外面的物资也很短缺,她把这些东西给了自己,那她遇到困难时怎么办?

正在想着,刘芝说道:"我们每天和你吃的是一样的,唯一不同的是你是患者,我是医生。我知道你现在比我更需要这些食品,所以我带来送给你,希望你能有个好心情,敢于面对困难,积极配合治疗,咱们一起共渡难关。"

刘芝的话,显然打动了他:是啊,这病痛不是医生给你的,他们冒着生命危险来救治自己,自己凭什么要发脾气?从此,他对刘芝言听计从。不久,这名患者也治愈出院了。

绝不放弃你

患者张先生刚入院时处于昏迷状态,他是在脑胶质瘤术后的化疗期感染了新冠病毒。当时他的氧合不到200mmHg,呼吸46次/分钟,心率156次/分钟。看到他当时的状态,谁也没有想到他能挺过来。

医院没有负压病房,刘芝与疗区主任商定后给他使用了无创呼

吸机辅助呼吸，并且每小时监测血气分析，随时调整呼吸机参数，对医务人员来讲守护这样的患者需要耗费很大的精力，但是没有人放弃他。

通过医务人员的努力，这位患者挺过来了。一周后，他已经可以和刘芝无障碍地交流了。他和刘芝说，他已经把自己的生命交给了医生，没想到不但活下来了，还看到了治愈的希望。

刘芝说："我们是医生，救人是天职，我们不愿意看见任何一个生命在我们手上溜走，只要有一线希望，我们都不会放弃！"

当他得知刘芝要调整到荆门市工作时，主动要求合影留念。他说："你们内蒙古来的医生对我们真好，我们会感激一辈子，等疫情结束了，你们来这里，只要说你是内蒙古的医生，我们会好好地招待你们。"

刘芝到了荆门后，这位患者还打电话询问她的工作情况，并告诉她，他已康复出院了。

切磋技艺

周老爷子是一位年近八旬的可爱老头儿。他是一名老中医，不幸的是老伴也是新冠肺炎患者，在他入院3天后去世了。刚开始，他的状态很差，年龄大且基础疾病多，又刚失去至亲的老伴，情绪到了绝望的边缘。

刘芝便和她聊中医，老爷子的兴趣渐渐从病痛中转移，从不愿意搭理人、不愿意输液到能和刘芝聊半个小时。后来，他每次见到刘芝，哪怕是正躺在床上输液也会马上坐起来，毕恭毕敬地听她说话。

刘芝笑着劝他躺着说，他说这代表尊重。说起原因来，却是刘芝在知道他是一名老中医后，就与他谈中医。两人从阴阳五行、奇经八脉谈到针灸经络，越说他越来劲，越说他神情越激昂。他没有想到，这么年轻的医生，竟然会有如此渊博的中医理论知识，颇有相见恨晚之感。

刘芝告诉他，治疗新冠肺炎的每一版方案，都会有中医中药并列或辅助，而他现在就是需要好好治疗，快点好起来，待回到家也能拿起自己的药方，去调理自己、去帮助别人。这时的老人双眼有神，一定会说上几种草药及如何煎煮，而且相信一定会有效。刘芝把一个患者变成了同行之间的切磋，让他浑然忘记了自己的病症。

最后一次值班

3月18日，是刘芝最后一次到医院上班，医疗队已经决定3月20日撤离。来到病房，刘芝走到邹女士面前，告诉她说："这是我最后一次来看您了，我没能信守自己的诺言，等到您治愈出院，但是您放心，用不了多久，您就会出院了。"

邹女士稍稍愣了一下，立刻抱住刘芝大哭，嘴里说着："谢谢你这样帮助我，我真是舍不得你啊！是你帮助我有了战胜病魔的决心……"刘芝轻轻地安抚着她，告诉她说："你女儿不是有我的联系方式吗，等你出院了，你随时可以联系我。"虽然在劝慰患者，但此时的刘芝也已经泪流满面了。

邹女士是刘芝所管的5例复阳患者中年龄最大的一位，当她第二次进入病房的时候，情绪特别低落，也特别敏感。医务人员每天查房时，在她面前不能提及任何有关这次疾病的情况，只要提到"新冠肺炎"几个字，她的情绪会立刻激动起来。

连续两周时间，刘芝为了和她对话，可谓费尽了心思，既要回避敏感字眼，又要为她树立信心。于是，内蒙古的草原风光，内蒙古人上班不骑马等等话题层出不穷，每天不同的话题转移了她的注

意力，她变得愿意和刘芝说话，后来随着病情的好转，也就不再避讳关于她病情的讨论了。

彼时彼景，让刘芝想到一句话：有时是治愈，常常是帮助，总是去安慰。这句话用在治疗新冠肺炎患者身上再合适不过了。

"拖后腿"的病例

患者郑先生"一不小心"成了荆门市掇刀区最后一例确诊病例。

入院后，他的心情糟糕到了极点，他觉得自己拖了荆门市"抗疫"的后腿，如果不是他，掇刀区的疫情可能会提前结束。特别是两周后复查核酸，原本认为自己身体很棒，却偏偏又查出了阳性。这一切让他无法接受，无法面对自己的检查结果，心里产生了深深的负罪感。

他的这种自责，让刘芝对他更加尊重，她和他说："这怎么能怪你，你现在需要做的，就是听医生的话，好好接受治疗，你的病好了，掇刀区就可以'清零'了，你这也是在做贡献。"可能是刘芝的话产生了作用，这名患者的心态逐渐好了起来。

那个期间，刘芝每天要在病房工作6个多小时，汗水从眼睛上往下滴，护目镜什么都看不到，浸湿了口罩，衣服也能拧出水来，防护作用在减弱。这名患者看到了，总是提醒刘芝，"不要离自己太近，不要被我们感染了。"

他的关照，常常让刘芝热泪盈眶。这样善良的患者难道不值得尊重，不值得自己为他们多做点、再多做一点事情吗？刘芝就是想离病人近一点，再近一点，让他们时刻能感受到内蒙古的医生和他们在一起，一起积极治疗，一起共克时艰。

天使与宝贝

糖糖、早早和他们的护士妈妈。

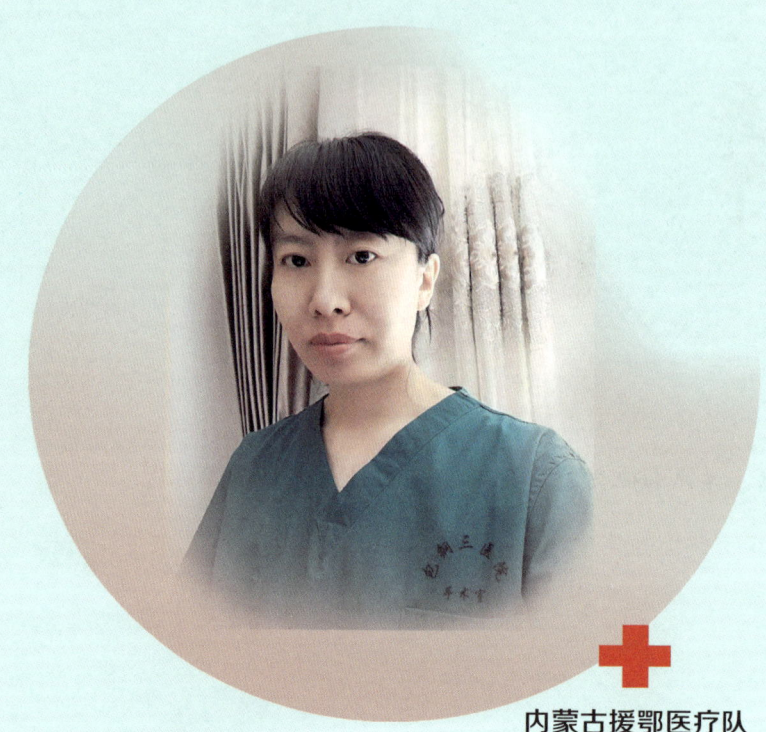

内蒙古援鄂医疗队
李静静

致敬逆行者

天使与宝贝

在沙洋县内蒙古医疗组驻地一楼的一个角落，李静静为我讲述了她和两个婴儿的故事。她的语气淡淡的，像是在拉着家常，又像是和一位老友讲述一件平常的事情。

为了叙事方便，我把李静静的讲述转换为患者的视角。

糖糖

令糖糖妈没有想到的是，糖糖的爸爸会感染新冠病毒，自己会因为是密切接触者而被隔离。糖糖的爸爸在医院里治疗，让她非常担心。新冠肺炎的治疗，会根据病情分为轻症、重症和危重症，不允许家人照顾。这对一个怀孕待产的女人来说，确实十分痛苦。

然而，让她更加担心的是孩子在这个时候出生，一是没人能够照顾自己，二是孩子如果感染了病毒怎么办。往往是越担心什么越来什么，在一个忙乱的日子里，糖糖哭闹着离开了母体，来到这个疫情凶猛的世界。

她顺产生下了糖糖，已经筋疲力尽，又想到女儿出生在新冠肺炎定点治疗医院，心里充满了恐惧和悲哀。所幸足月的女儿很健康，并没有因为疫情出现其他情况。

女儿一出生还没来得及抱一抱她，给她喂一口奶。强烈的伤痛刺激着糖糖妈疲惫而脆弱的神经，她只有一个人，行动不便，心里充满了绝望，万一自己出了什么事情，孩子怎么办？万一孩子出了什么问题，自己该如何面对？极大的痛苦撕扯着她的心肺，令她痛苦不堪。

她还有个算不上隐私的"隐私",她无法食用医院提供的饭菜。可是,为了女儿糖糖,她必须坚强地活下来,她既不能失去孩子,也不能让孩子失去母亲。可是,她发现,现在她这点诉求,很难得到满足。一个产后女子陷入了窘困境地痛不欲生。

这时候,一名女护士出现在她的病床前,先是认真地看了她的病例,问她的第一句话是:"你是回族?"糖糖妈点了点头。女护士说的第二句话是:"我是内蒙古包头市包钢三医院的护士长李静静,我是蒙古族,有我们来帮助你们,你不要担心,我和我的同事们会代替你的家人照顾好你。"

第二天,医院给她送来的饭菜已经变成了清真餐。吃饭的时候,她抬起头,看着忙碌着的李护士长,心里充满了感激,泪水在眼里转了转,终于掉落下来,流进嘴里,咸咸的,但是她的心里却是甜甜的,像女儿的名字——糖糖。

李护士长在忙碌之余,对她的照顾要多一些。同时,她和同事还很精心地照看着那个刚刚出生的宝贝。她为糖糖营造了一个类似鸟巢的环境,周边用布卷成边界,使她有安全感。她认真地为糖糖护理脐部、眼睛、皮肤,并在喂奶后一直拖着拍奶嗝……

为了更好地稳定糖糖妈的情绪,李静静用手机拍下了护理糖糖的视频,一边给糖糖妈看,一边告诉她,这是婴儿护理中的"鸟巢式护理",这种护理方式,会让孩子感到十分舒适。

她终于放下心来,开始配合护士为她做乳房与会阴护理、按摩子宫促进收缩等产后恢复性护理。一次,李护士长给她梳头的时候,她终于敞开了心扉,和李护士长讲自己丈夫感染新冠病毒的事情,讲了她的担心和痛苦。头发梳完了,她觉得自己清爽了许多,心情也好了起来。

李静静安慰她说,现在新冠肺炎患者出院的越来越多,你不用担心，一定要坚强起来，你的家人也会好起来，他们一定也在担心你和孩子，你们好好的，家里人才会放心，才会更好配合治疗，早些出院，你们一家就会团聚了。你刚刚生产，要多下床走动，有利于产后恢复……

心里的阴霾一扫而光，她第一次看到了希望，想象着一家人知道孩子出生，并且很健康，一定会很高兴。这一家人盼望孩子出生，已经很久了，她要尽早康复，尽早把孩子带回家。想到这些，她的信心更足了。

她对这个声音甜美、有一双好看眼睛的护士长充满了感激之情。她和她的同事是内蒙古人，千里迢迢冒着生命危险来帮助自己，并且这样尽心尽力，对她们母女照顾得无微不至，她都不知道该说什么感激的话。说了无数次的"谢谢"，怎么能够表达自己心里的感恩呢？

她和李静静说："等疫情过去了，明年，你们一定要来沙洋，我们全家人招待你们，你们也来看看生在疫情中的我的女儿。"李静静拉着她的手，说我们一定会来的，一切都会好起来的，我们来沙洋，就是为了帮助你们，我们不求回报，只要你们康复了，过上从前安乐无忧的日子，我们就会十分开心。

这番话，让糖糖妈又一次泪雨滂沱。

2月19日，糖糖妈带着小糖糖经过两次核酸检测，均为阴性，终于可以出院了。出院时，她含着眼泪，深深地向李静静鞠了一躬。李静静也鞠躬还礼，叮嘱她要如何带好孩子，要如何处理家里人新冠肺炎治愈后的一些事情。

早早

另一个婴儿没有名字,为了方便讲述这个故事,我们给他起了个名字叫"早早"。

早早是个早产儿。

早早的爷爷奶奶、外公外婆和爸爸都感染了新冠病毒,他的妈妈是疑似患者。开始的时候,一家人都在沙洋县人民医院住院治疗,后来,爷爷奶奶因为转为重症,转院到荆门市第一人民医院接受治疗。

不久,早早的外公因医治无效去世了。早早的妈妈听闻噩耗,受到极大刺激,在2月14日,提前生下了早早。早早一出生,就被隔离了,因为早产,住进了暖箱里。

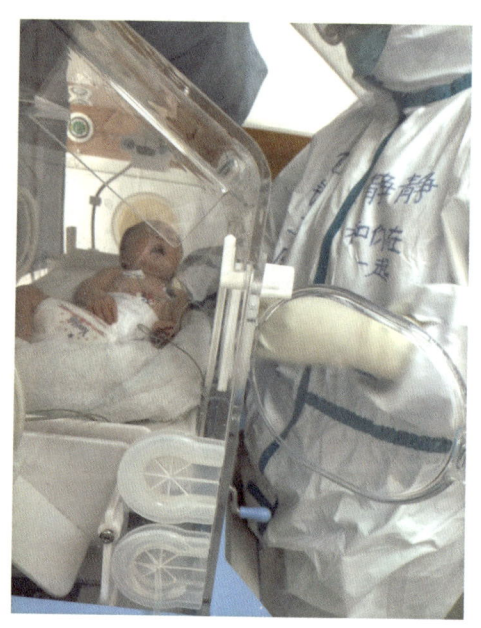

有我们在,宝宝会健康成长。

早早的妈妈因为新冠肺炎、乳腺炎,再加上独自一人在病房接受治疗,患上了严重的产后抑郁症,每天不由自主地烦躁不安。

李静静知道这个情况以后,知道早早的妈妈主要还是伤心父亲去世、孩子早产,又对新冠病毒极为恐惧,才导致抑郁症发作。于是,李静静在早早妈安静下来的时候,主动和她聊天,告诉她孩子很健康,并且从刚出生时的5斤,长到了6斤4两。她让她放心,医务人员在她出院的时候，一定会给她一个健康活泼的宝宝。

李静静给她看孩子在保温箱里的照片。看到孩子健康的样子，她安静了下来，像是欣赏亲自制造的艺术品，满眼母性的温柔。李静静没有告诉她的是，孩子因为早产，经历了早产儿窒息、上消化道出血、早产儿感染、黄疸等病症，都被医生一次又一次的治愈。

李静静还帮助早早妈解决了缺少生活用品的困难，这让她很开心，每天都喊李静静为姐姐，病情也逐渐好转，抑郁症再也没有发作。人在为难的时候，有人雪中送炭，她会永远忘不了这份恩情。她很感激李静静，说有她这个内蒙古来的护士姐姐真好。

早早的爸爸在沙洋县人民医院四病区接受新冠肺炎治疗，家中的变故，让他也十分颓废。担心妻子，担心妻子肚子里的孩子，担心妻子万一生产了谁来照顾……担心的事情太多，加上岳父去世，他心似油煎，也出现了阶段性抑郁。

李静静找到他，对这名焦躁的男子说："有个好消息，你有儿子了。"早早爸爸心里一喜，随即便更加不安起来，盯着李静静，眼神里满是询问之意，却紧张得不知道如何开口。

李静静说："别着急，现在母子平安。"她把早早母子的情况说给他听，并且给他看孩子的照片和早早妈的照片。看到孩子健康成长的照片，这个男人控制不住情绪失声痛哭。但是知道母子平安，他放下心来，拜托李静静一定要照顾好这对母子。

李静静和他说："现在沙洋县的疫情正在好转，你最重要的事是快点治好病，早早和他妈妈的事情你不用担心，有我们在。你配合治疗，没准还能一起出院回家呢。"早早的爸爸含着眼泪，用力地点头，开始安心地配合治疗，再加上看到孩子心里高兴，病情好转得很快。

这期间，李静静不断地把母子二人的情况告诉早早的爸爸，让他随时掌握他们的情况,他战胜病毒的信心更足了,对孩子的父爱,使他的人也精神了很多。

2月28日,李静静通知早早的爸爸:你们一家三口可以出院了。原来,早早的妈妈和早早两次核酸检测都是阴性。出院时,李静静给他留下了联系方式,叮嘱他如果有什么事情,可以和她联系,她一定会继续帮助他们一家人。

送走一家人,李静静心里特别放松,这一家人隔离时虽然不在一起,但是终归要团聚了。而自己也要完成使命,回包头了。

致敬英雄

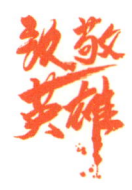

战地飞鸿

没有人能说清楚第一封信是谁写的，也没有人能说清楚是家书还是患者的感谢信，总之，在“抗疫”战场，久违了的书信成为人们表达情感的一种载体。

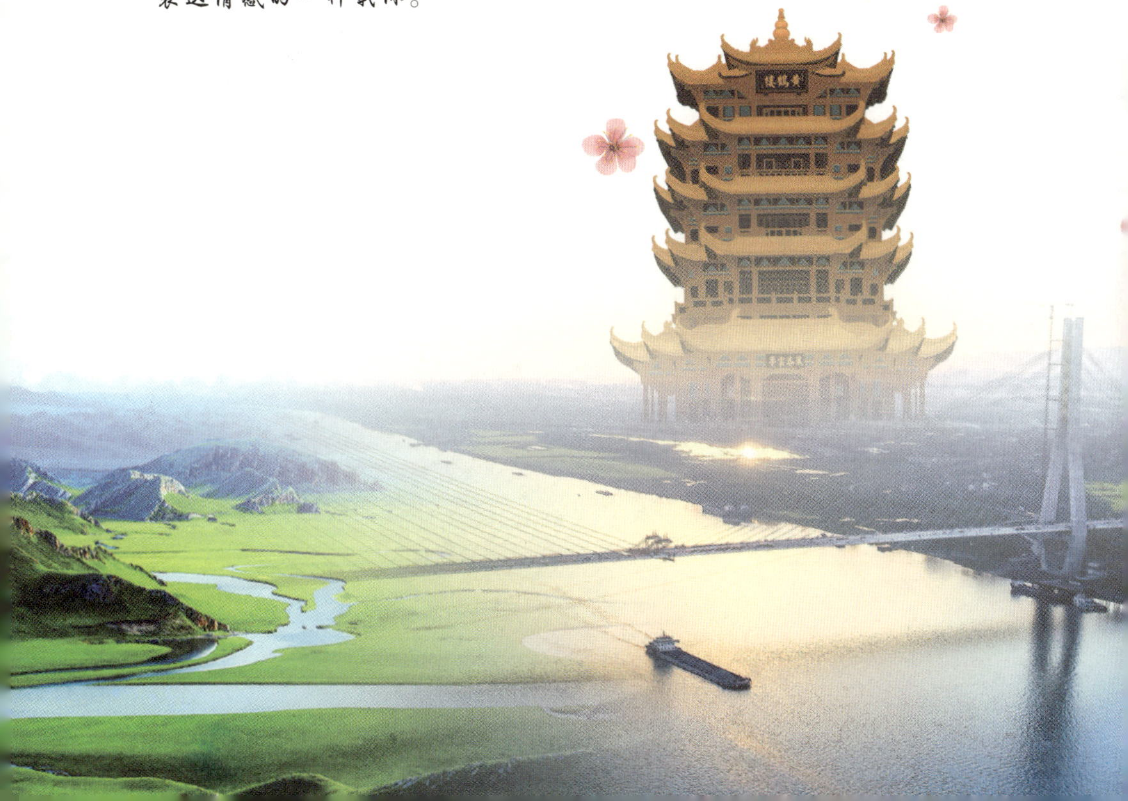

内蒙古援鄂医疗队

致敬逆行者

战地飞鸿

与女儿书

内蒙古医科大学附属医院神经外科护士娜仁没有想到,有一天自己需要和母亲通过书信交流。

老吾老及人之老,幼吾幼及人之幼。相比自己的小家,荆楚大地更需要她。到达目的地即投入紧张的救治工作,她根本无暇他顾,直到有一天,手机上发来母亲的信。面对高强度的护理工作她没有哭,面对心理压力她没有哭,可读着母亲语重心长的字字句句,她忍不住泪流满面。

母亲在信中写道:"孩子,你上'战场'已经七八天了,没有电话,没有微信,但妈妈不怪你。你正在和时间赛跑,多一点时间,就能多拯救一位病人,大爱无私,是一名医务人员的责任和良知。从你决定响应党的号召支援湖北那时起,你就表现出了一个共产党员的胸怀和责任。你抛下了年仅5岁的女儿,一声不响地告别了父母奔赴战场。我和你在医院工作多年的爸爸,懂得你的选择。国家有难,人民有难,你作为一名医务工作者,有责任冲锋陷阵,舍小家,保大家。妈妈也是一名老党员,深知国家有难,人人有责的道理。孩子,安心工作吧,父母支持你。同时也向所有奋战在第一线的医务工作者致敬!"

娜仁捧着手机,把信读了一遍又一遍。父母同天下许许多多的老人一样,普通平凡。可是,关键时刻,他们又是如此的深明大义,心怀天下。娜仁边流泪边给父母回信,她想对他们说:"你们是天底

下最好的父母,身为你们的女儿,我感到荣幸和骄傲,爱你们!"

相对于母爱的细致入微,父爱更为粗犷内敛。父亲的信是用铅笔写的,内容不多,简短几行,可呼和浩特市蒙中医院的张建新每次读来,都忍不住热泪盈眶。

"尽职尽责地干好每一份工作,相信这场战争一定能打赢,胜利一定属于我们的……"父亲不善言辞,平日里除了默默甘做儿女的后勤外,再无多言。而这场疫情,更加紧密地连接起父女的心,想到老父亲戴着老花镜,一笔一画写下这封简短的家书,张建新便心如潮涌,天下所有的爱是相通的,那便是奉献与治愈。

张建新父亲的亲笔信。

家书抵万金。寥寥数语,有牵挂,有鼓励,胜却万语千言。除了更加努力地投入到抗疫工作中,还有什么可说的呢,张建新从来没有像此刻这样充满了职业荣誉感和自豪感,默默在心里回应:"爸,您放心,我将全力以赴,不辱使命,不负重托!"

与妻书

如果说百年前林觉民的《与妻书》深切表达了对妻子的深情和

对祖国深沉的爱，那么郑健的《与妻书》与其有着异曲同工之妙。郑健是内蒙古自治区人民医院医生于海霞的丈夫，妻子去了"抗疫"一线，心里百般牵念万千思绪之下，写下这封文采奕奕感人至深的《与妻书》：

"乙亥起瘟疫，庚子义请缨。仁心医者术，援鄂千里行。儿郎寒窗苦，高堂重晚情。闲来推云手，琴瑟亦和鸣。

"乙亥年末，冠状病毒肆虐中华，感染者无数，湖北医护同行全力救治。党中央一声令下，举全国之力抗击疫情，内蒙古组建医疗队驰援湖北。你主动报名参加第一批援鄂医疗队，用一个弱女子的肩膀担起医生救护生命的道义，一日千里驰援湖北京山市，我纵有千般不舍和担忧，也不能拖你的后腿，只恨自己不能替你前行。孩子们都在上大学，十四年的寒窗苦读快有了成果。母亲岁数大了，儿行千里母担忧。你这次援鄂，我叮嘱弟弟妹妹们不要告诉母亲，免得她担心。等到战胜疫情凯旋后，继续陪你摆摆龙门，继续奏锅碗瓢盆交响曲，平平淡淡地过百姓人家的幸福小日子。"

无须多言，一句"只恨自己不能替你前行"足矣。这一生，遇见爱并不稀奇，稀奇的是遇见懂得。夫妻携手二十载，三餐四季的平凡日子，于海霞和丈夫像所有这个年龄的夫妻一样，互为左右手，恩情融进了骨血，只是不再善于表达。

而大疫来临，在生死攸关面前才发现：原来我比想象中更爱你，原来你比我的生命更重要，我没你不行！丈夫的信让于海霞一次次湿了眼眸，何为恩爱？不过是耐心地陪你摆龙门阵，渴了给你端一杯茶，冷了为你添一件衣，陪伴才是最长情的告白。有夫如此，夫复何求！

于海霞在手机中保存了丈夫的信，疲惫的时候，心中缺少力量的时候，就拿出来看看。再想想病床上的患者，他们也都是父亲、母亲、丈夫、妻子，缺少了哪一个，家都将不再完满，这样想着，于海霞又重燃了斗志。

她一直喜欢范仲淹的那句：不为良相，便为良医。所以选择了能够施展仁心慈意治病救人的职业——医生，如今在百年不遇的疫情面前，是她践行当初从医誓言的时候了，为了无数家庭，为了这身白衣，拼了！

与良心书

有人说，这世上，除了生死，都是小事。能将母亲和孩子分开的，也唯有生死吧。在援鄂之前，内蒙古包钢集团第三职工医院护士郭娜从来没和女儿分开过，女儿才3岁，被她当瞳仁一样呵护着。

以往上班的时候，一天见不到女儿娇嫩的笑脸儿她就食不甘味，可是，自从到了荆门市，一晃已经整整45天没见到女儿了。工作时，她和同事们一起忙于照顾患者，无暇想念女儿，可下了班回到驻地宾馆，异地他乡，对女儿的思念便铺天盖地袭来，忍不住在灯下提笔写信。

"月儿宝贝：妈妈离开你已经45天了，到今天，在你来到这个美好世界的1300天中，这次是没有妈妈陪伴的最长的时间了。

"宝贝，对不起，因为我除了要做好一个妈妈外，还要完成作为一名医务工作者的责任和使命。我们接受着生活中的美好、幸福，但当社会需要、民族有难时我们也要身体力行，尽己之力。参与这次抗疫行动，妈妈不后悔，还感到自豪。在未来，你能理解什么是新冠肺炎、什么是国家事件、什么是责任的时候，当我们聊起这一段历史的时候，希望你能无怨地接受妈妈

现在的行为，接受从事护理工作的父母因为工作为你带来的陪伴缺失。

"谢谢你每天忍着思念还和姥姥不哭不闹，乖乖地吃饭、睡觉、游戏，妈妈答应你的礼物还不能送到你身边，但都记下了。你所等的妈妈的休息天也还要再等一段时间，因为'病毒怪兽'还没有被彻底打败。坚强的孩子还要继续加油哦！希望你健康、开心，我们相聚的日子很快就会到来！"

女儿还那么小，肯定无法理解她的舐犊情深，但等她长大的那一天，她会把这封信作为成人礼送给女儿，让她明白什么是责任，什么是担当。

她会告诉女儿，这世上不会总是阳光明媚，鲜花遍地，就像已经成为历史的2020年的春天，突如其来的新冠肺炎疫情像恶魔一样突袭，顿时山河失色，人间难安。但是，她和无数医护同行迎难而上，苦战两个月，终于将病魔击退。

她会告诉女儿，选择就意味着有舍弃和牺牲，在那样严峻的形势下，妈妈只有选择缺席你的成长，因为如果缺席了抗击疫情，妈妈就是个逃兵，将永远良心难安。

与战友书

在所有的书信中，有一封很特别。娟秀的字体，密密麻麻写满了3张信纸，信中写道："我是呼吸内科的护士小蝶，在这次抗击疫情一线工作15天后被感染。2月7日晚出了检查结果——右下肺可见片状模糊影及磨玻璃影。作为一名专业人员，我深知这意味着什么，瞬间被恐惧包围。很快，在领导安排下，我住进京山市人民医院。治疗期间，受到各位领导和同仁的无数关怀。内蒙古援鄂专家赵文玲教授将自己带来的土特产送给我，朱斌院长、叶昊科长多次到隔离病房来看我，护理姐妹们经常给我送水果、牛奶。在她们的鼓励和精心治疗下，我看到了希望，知道在我的身后有一支强大的队伍，我不能辜负他们的期望。于是，我开始强迫自己吃东西，坚持下床锻炼身体。我的身体开始恢复，于2月21日痊愈出院。虽然看不到你们口罩后面的脸，但这次我做了一回患者，才真正体会到那句话——说星星很亮的人，那是因为没有见过医生和护士的眼睛……"

小蝶在信尾写道："惟愿疫情退去，你我皆安！"这也是所有人的心声。

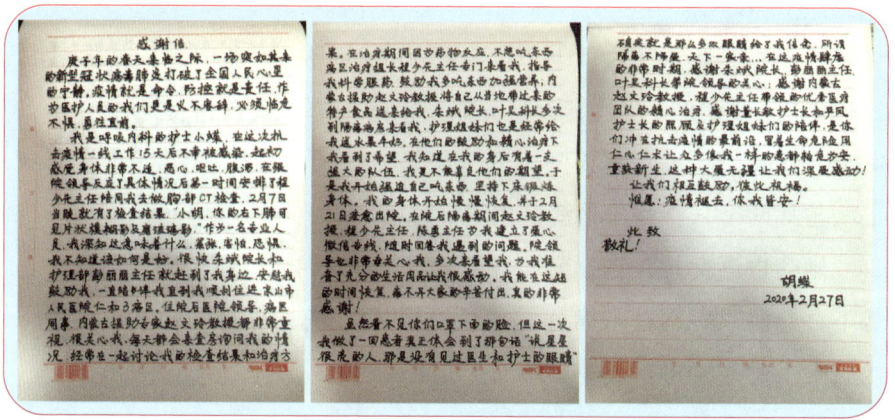

小蝶的感谢信情真意切。

"有时治愈，常常帮助，总是安慰。"这是长眠在纽约东北部的撒拉纳克湖畔的特鲁多医生的墓志铭，这句铭文越过时空，久久地流传在人间，至今熠熠闪光。在这次疫情中，迎难而上的白衣天使们践行着这神圣又质朴的名言，让我们看到人性的光辉，体会到人间大爱。

如今疫去春盛，繁花似锦。这些承载了无数深情厚谊的"两地书"将会被写进历史，同时也会深深地镌刻在每个人心上，流传千载，永不消失。

致敬英雄

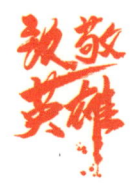

咆哮吧，护士长！

我们就要心往一处想，劲往一处使，共同抗击疫情，这样才能尽快地恢复健康。

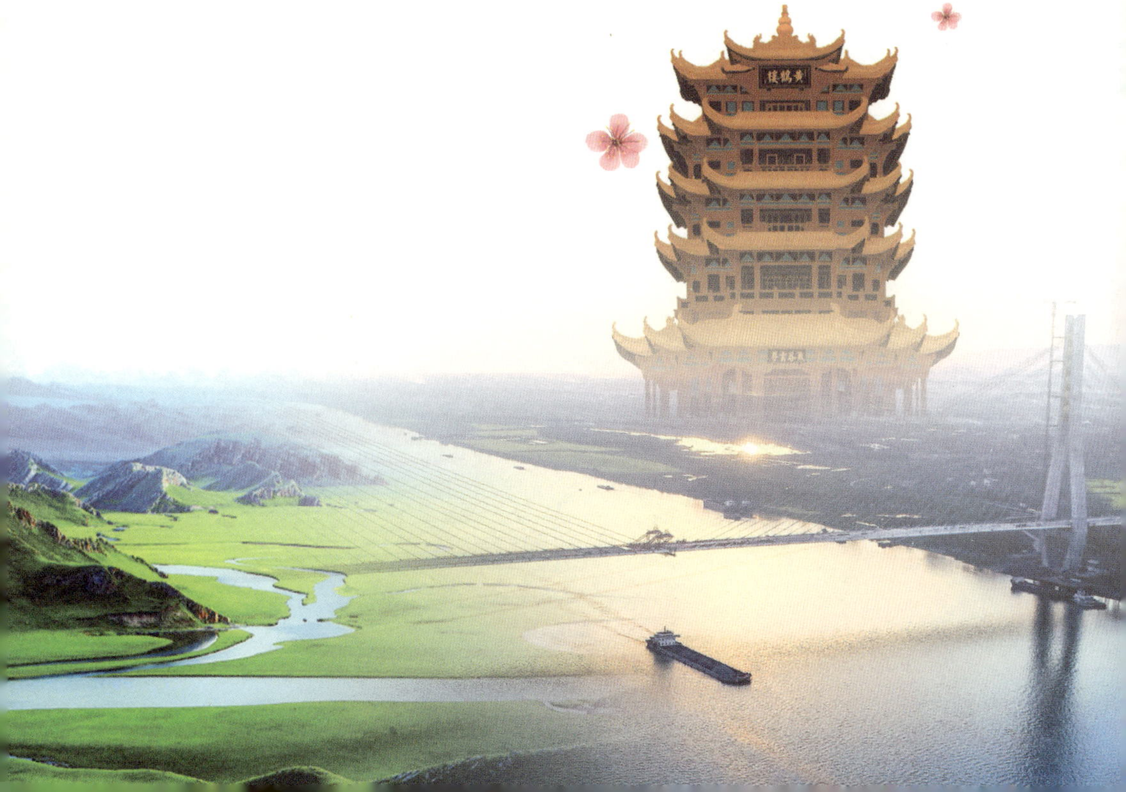

内蒙古援鄂医疗队
张钰梓

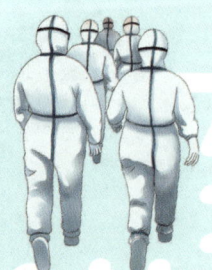

致敬
逆行者

咆哮吧，护士长！

经常刷抖音的朋友应该还记得，2月13日，内蒙古日报社官方抖音草原客户端曾发布了一条视频：一名女护士长在武汉江汉方舱医院和患者"咆哮"，却赢得了一阵掌声。这条视频最后的点击量是1800万，让内蒙古援鄂医疗队的护士长张钰梓一下子成了"网红"。

张钰梓是何许人也？她为什么要对患者"咆哮"？那段视频又是谁拍的？作为医疗队随行记者，很快便"起底"了张钰梓，不仅还原了现场，还结识了这位心地善良的女护士长。

最美"咆哮"

2月4日晚，张钰梓随内蒙古援鄂医疗队到达武汉，6日正式到江汉方舱医院执行任务。当时，刚刚启用的江汉方舱医院陆续接收患者入院，陌生的环境、不断入住的患者、忙碌的医务人员，让部分患者的情绪不太稳定，抱怨和不配合让护理工作开展得并不顺畅。

2月9号上午，作为区域组长的张钰梓得知，前一天晚上竟然有患者向护士站吐口水，导致护士无法正常工作。张钰梓觉得这样的情况不能再继续下去，必须想办法解决，多年的护理经验告诉她，必须和患者进行真诚地沟通，打开他们的心扉，取得他们的信任。

于是，她带领着组内的责任护士们，到所负责的21、22、30、31病区开始宣教工作。患者一看来了很多护士，有的干脆把被子蒙在头上，有的则看都不看他们。

张钰梓站在病房中间，大声说道："大家好！我是来自内蒙古妇

幼保健院的，我们内蒙古来了100名护理人员，为大家进行护理。我知道大家心情不好，如果您有任何问题，请随时找我们，我们来帮您解决。我特别能理解您，我们在工作中，有时候也特别累，心情也有不好的时候，发生了这样的疫情，大家都害怕，我们也害怕，但是我们来了，我们从那么远的大草原来了，站在这里的护士有推迟了婚期的两个90后姑娘，还有瞒着父母和孩子请战来的，我们来了为了什么？现在这个特殊的情况下，我们就要心往一处想，劲往一处使，共同抗击疫情，这样你们才能尽快地恢复健康。到时候我们一起回家，好不好！"

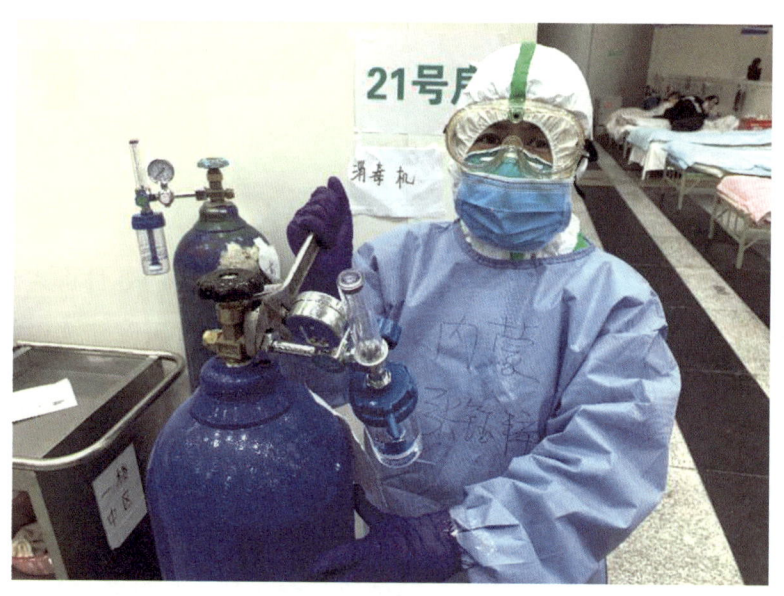

张钰梓工作时的样子。

"好——好！"患者异口同声地呼应道，接着便是一阵热烈的掌声。

离开病房，张钰梓蹲了下来，大口大口地喘着气，汗水顺着额头流下来，护目镜上很快就蒙上一层雾气。刚刚的"咆哮"，在正常

情况下，也就是一次喊话，而在包裹严密的防护服里，她已经用尽了浑身的力气，这样的大声喊话是很危险的，会导致缺氧，甚至出现其他危险。

难忘谢大姐

3016床的谢大姐，是张钰梓小组责任区的一名患者。那天的"咆哮"视频，就是她用手机录下来的。她被张钰梓的话感动了，虽然看不清张钰梓的脸，但那些话谢大姐听进了心里，也暖到了心头。她把视频发到网上，立刻赢得了网友们的热情呼应。

从此，不管张钰梓的防护服上是否写名字，谢大姐只要听到她的声音，就能一下子认出她来："是钰梓吧，好高兴你今天上班，你今天几点的班？就盼着你来和我们说说话呢！"她们唠家常，说美食，聊美景，谢大姐还会给大家跳新学的健身操，两个人处成了知心朋友。

她告诉张钰梓，自从那天的宣教后，病区的患者一改以前的闷不作声，变得乐观开朗起来，大家也团结了起来，对战胜新冠病毒更有信心了。

3月4日，张钰梓小组所负责的中区撤舱了，很多患者都出了院。张钰梓知道谢大姐还在，晚上是她的夜班，她在西区100多名患者中挨个寻找，终于找到了谢大姐。

"中区的患者都出院了，你们是不是也快回家啦？现在只有我被转到西区了。"看着谢大姐红红的眼圈，张钰梓心里不是滋味，对她说："别担心，到了医院再治疗一段时间一定会出院的，闷了就给我发微信，说说心里话。"

那晚是张钰梓最后一个夜班，那一刻也成了她们最后一次见面。

3月5日晚，谢大姐通过微信告诉张钰梓，她被转到了协和医院西院。3月10日，谢大姐激动地告诉张钰梓，她的核酸检测结果是阴性，再过几天就可以出院了。而那一天，也是习近平总书记专门赴武汉市考察新冠肺炎疫情防控工作，接连两个好消息，让张钰梓的眼眶湿润了。

在江汉方舱医院，医务人员和患者已经不再是医患关系，他们能够真诚地沟通，已经将彼此视为朋友、家人，相互依赖、照顾。江汉方舱医院里的患者们都习惯地称张钰梓是最美"咆哮"护士长。

佘帮笛的诚意

"我是江汉方舱医院的一名患者，今天我要出院了。其实我昨天就可以走了，之所以没有离开，是因为我还想再见一见这段时间帮助过我的、来自内蒙古自治区妇幼保健院的5名护士，再和他们聊聊天，再听听他们的声音，和他们说说我在方舱医院这段时间的真实感受，所以我决定晚一天出院。"这是张钰梓所负责区域的2103床患者佘帮笛在个人抖音里说的一段话。

眼前的小佘跟刚入舱时的状态形成了鲜明的对比。刚入院时，小佘是个只知道躲在被窝里玩手机，不说话、不活动的新冠肺炎患者。

"咆哮"之后，张钰梓在患者当中的权威性暴增，无论走到哪个患者面前，无论说什么话，都有人听，有人尊重。这次来武汉执行任务，他们医院来了五位同志，很幸运地分到了一个组，工作起来也方便互相照应。

一天，张钰梓为了给因疫情推迟婚礼的两个90后同事王晖和郭佳妮拍下第一张工作照，向2103床患者小佘借了手机。那天，回到

驻地,张钰梓加了小佘的微信,对他表示感谢的同时,还给他发了好多草原的照片,邀请他以后来内蒙古做客。

张钰梓在聊天中得知,小佘因为在网上看到一些关于方舱医院的报道,刚开始接到来方舱医院治疗的电话通知时,不是很情愿,但是为了不传染给家人,特别是他的弟弟,他还是来了。他刚来时有些焦虑,是张钰梓的"咆哮"让他一下子提起了精神。

护士王晖和张钰梓说,小佘和自己同龄,开始情绪不高,整天抱着手机,晚上不睡早上不醒,好几次大夫们上午查房他还在睡觉。有一次,他过去使劲拍了小佘一下,喊他赶快起床。他吓得一激灵,一下子就坐了起来,一脸"懵圈"地看着王晖,所有人都被逗笑了。王晖以为他会生气,没想到他竟然也笑了。

渐渐地,他老被王晖调侃,两人之间的沟通也越来越多了。他对王晖说:"你们护士长'咆哮'起来真好看。"王晖问:"隔着防护服你能看见?"小佘说:"我从心里看见的。"王晖说:"我们护士长非常漂亮。"小佘说:"不漂亮谁敢那样喊话!"以后,小佘不再整天玩手机了,没事儿就跑到护士站找大家聊天。

罗明川也是小佘的好朋友。他是护理组的"开心果",身为男护士的他主动扛起了体力活,运送氧气瓶、发盒饭……同为男同志,"老罗"和"小佘"的共同话题也多一些,为了帮助小佘调整情绪,罗明川经常鼓励他。

小佘是有心人,张钰梓他们的"热情",让他对战胜病毒有了更大的信心。他见这五位内蒙古来的朋友,没有因为他们是感染者而躲避他,反而在主动地接近自己,心里十分感动。几天下来,他和王晖、罗明川、徐鸿儒、郭佳妮成了无话不说的朋友,甚至忘了自己是患者的身份。

小佘的情绪变得活跃了,对张钰梓几个人也开始关心起来。下雪降温时，他会叮嘱他们多穿点别感冒；发现王晖因缺氧身体不适，他去叮嘱她下班之后要好好休息；一到吃饭时间，他总是主动帮护士们发放饭菜。他的举动渐渐影响了更多的患者，大家变得积极主动起来，纷纷出手，做一些力所能及的事情。

临出院前，他和张钰梓几个人说："这些日子让我终生难忘，要是没有这次疫情，也许你们一辈子也不会来武汉，但是这次却以这种方式来了。看着你们面对病毒、面对这么多新冠肺炎患者，不但没有嫌弃，反而想方设法让我们宽心，精心护理着我们，我心里很不是滋味，你们让我重新认识了护士这个职业，虽然看不到你们的样子，但在我心里，你们就是最美的人！"

小佘发出邀请："疫情过后，我带着你们看看亲手保护下来的武汉，弥补没能好好游览一番的遗憾，我带着你们一起看樱花，去品尝大家一直惦记的热干面！"

致敬英雄

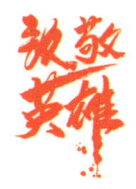

防护服上的蒙古族名字

这名男子汉哽咽着说：“你这是把危险留给了自己，谢谢你！有你们守护着，我们一定会听话，一定会坚强起来，一定会好起来！”

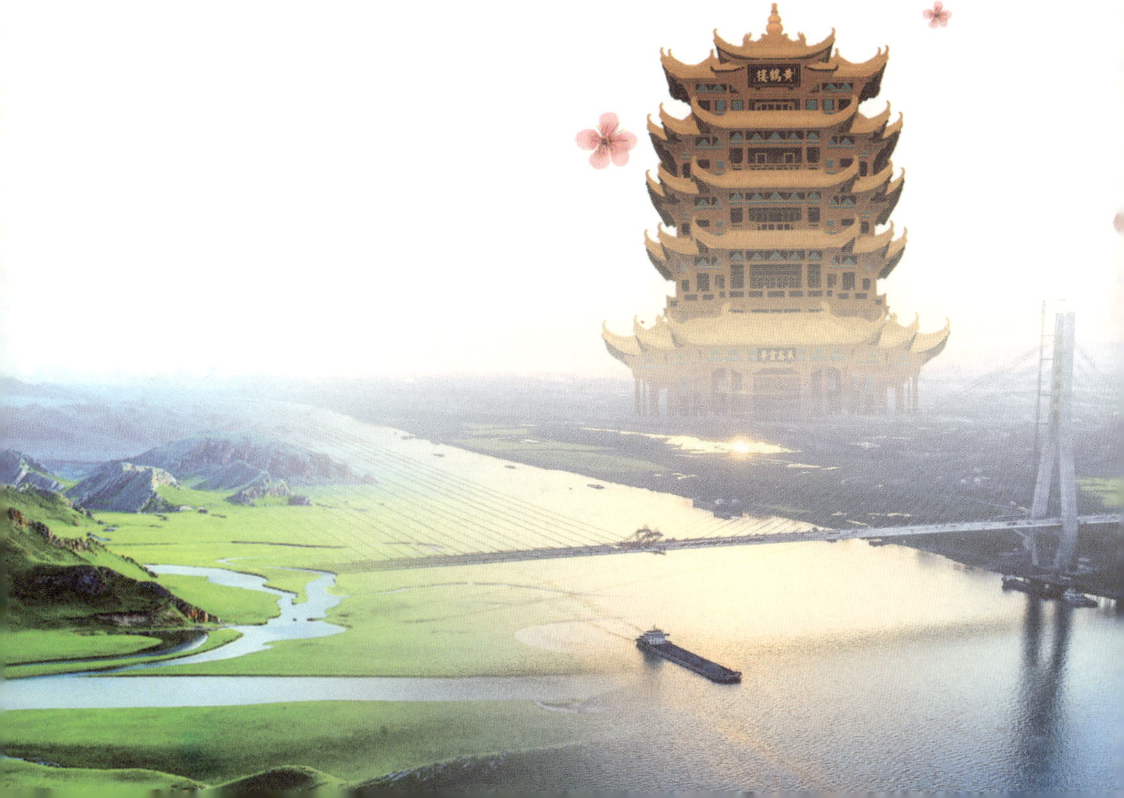

内蒙古援鄂医疗队
王 彦

致敬逆行者

防护服上的蒙古族名字

在赴湖北"作战"的849名内蒙古勇士中，有以蒙古族为主的少数民族队员220余名，他们与全国各地支援湖北的医疗队一道，在新冠病毒肆虐的湖北大地，冲锋陷阵，舍生忘死，治病救人。

他们被湖北省的患者称作"内蒙古医生"。有他们身影的地方，当地医生的名字会被翻译成蒙古文，写在防护服上，让患者以为他们也是内蒙古人。而患者中，有不少人会用蒙古语说"赛白努（您好）"和"切勒麦（加油）！"

一个也不许倒下

内蒙古自治区人民医院的医生王彦，是一名蒙古族姑娘，1984年出生。她有着一副古道热肠，性格火辣，行事果断。她临危受命，被任命为内蒙古医疗队钟祥小组组长。

初期的战斗，进行得无比艰难，用"残酷"来形容也不为过。对于病毒，医务人员知己却不知彼，危险如同掩藏得很好的地雷，不知道什么时候就会爆炸伤人。

钟祥小组，承担着配合救治156名患者的任务。

然而，医疗小组成员刚到钟祥市的时候，他们眼前面临的困难有些出乎意料：语言沟通障碍，气候湿冷，饮食不习惯……特别是在同仁医院，当时不但没有传染病房所标配的清洁区、缓冲区、感染区，也没有配置医务人员通道和患者通道，针对疫情的医治流程也不完善。简陋的条件，意味着感染随时会发生。

王彦急了，她凭着蒙古族姑娘的泼辣性格向当地医院提出：医院必须改造！医治流程必须完善！这是对病人负责，也是对医务人员的保护。

在王彦医疗小组的建议下，传染病房迅速改造完毕，医治流程更加合理，医务人员迅速进入角色。然而，不到一个星期，新情况出现：医疗物资告急！生活物资告急！

"战斗"正在激烈进行中，决不能在"粮草"上出问题影响军心。王彦一方面向自治区卫健委紧急汇报情况，一方面鼓励队员们发扬吃苦耐劳、一往无前，不达目的绝不罢休的蒙古马精神，在这场战役中，发挥主力军的作用。

内蒙古自治区紧急响应，物资迅速得到补给。医务人员人心安定，斗志越发昂扬。

然而，王彦的神经仍然紧绷着。和其他医疗队一样，她必须盯住感染控制，确保"零感染"，这是内蒙古医疗队发出的硬命令。她时刻提醒队友和同仁医院的"战友"，要加强防护，绝不允许有一个人倒下！

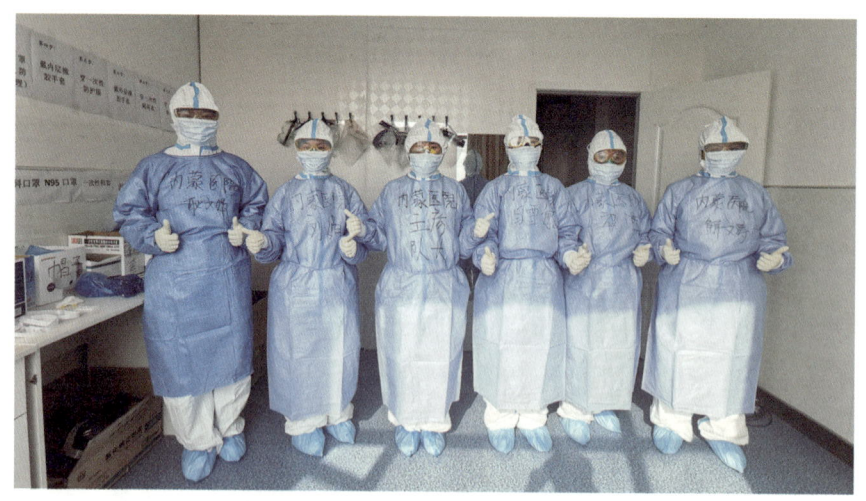

我们共同筑起一道"防火墙"。

防护服上的蒙古族名字

这名蒙古族女孩对于生命的关注和尊重，让当地医务人员十分感动，也因此赢得了京山市同仁的尊重。于是，在这里，凝聚力、战斗力空前提高：在病区，两地医务人员在互相提醒正确穿脱防护服；在医院办公室，他们共同研讨制定治疗方案……

谢谢你，蒙古族女孩儿

"抗疫"战场上，有这样暖心的一幕。

2月18日，钟祥市同仁医院2病区41床的患者出院了。出院前，这位60多岁的患者找到包头市第四医院护士航海尔汉，见面后用普通话说道："谢谢你，内蒙古女孩！"

她是航海尔汉的第一个患者。第一次见到她，41床就鼓励她说："小姑娘，你好有胆量哦！这里蛮危险呢！家里知道哇？从内蒙古到湖北好远的哦……真的感谢你们啊！"

航海尔汉赶紧说道："阿姨，应该的！请您一定要有信心，您一定会好起来的，疫情一定会过去的！"做完治疗，41床鼓励她说："姑娘，别害怕，一定要做好防护，千万别感染了。"患者的

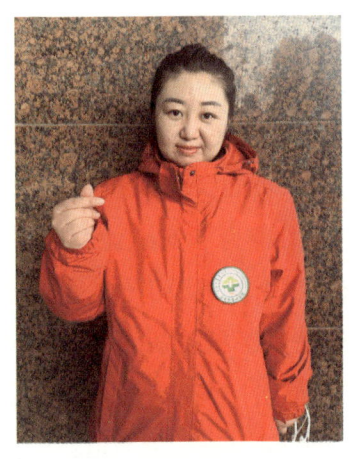

暖心的航海尔汉。

关心，让航海尔汉十分感动，但是她不敢流泪，害怕泪水会打湿护目镜。这一刻，她想，这些患者如此善良，自己一定要为他们做好服务。

航海尔汉了解到，41床全家都感染了新冠病毒，她1岁多的孙子自确诊后，这家人还没有见过面。航海尔汉心疼极了，每天一做

完治疗,就和41床聊天,安慰她,鼓励她,给她讲草原上的故事。每次给她送饭时,航海尔汉都会"哄"她说:"阿姨,这是医院专门给你准备的营养餐,是消灭病毒的,不许剩哦!"

"虽然看不到这个蒙古族女孩的脸,但是我相信她一定很漂亮,而且她的声音特别好听。"41床总是这样给新来的患者介绍航海尔汉。

"那格布-9小香囊"的疗效

来自鄂尔多斯市的蒙古族护士朝乐门图雅,也在武汉方舱医院工作。

2月18日,她收到了单位寄来的生活物品和一些蒙药,蒙药里放着"那格布-9小香囊。"她自然知道这个小香囊所代表的意义,无比小心地随身收藏,每次进入病房都会带在身上。

有一天,一名患者烦躁不安,医务人员也无法安抚他的情绪。朝乐门图雅为了安慰他,把蒙药小香囊拿出来,送给了他,并告诉他说:"这是蒙医抵抗病毒保佑平安的药,送给你吧,祝你平安!"患者的情绪逐渐平静下来。他问道:"你把香囊给我了,你怎么办?"她说:"没关系,只要你好了,比什么都强!"这名男子汉哽咽着说:"你这是把危险留给了自己,谢谢你!有你们守护着,我们一定会听话,一定会坚强起来,一定会好起来!"

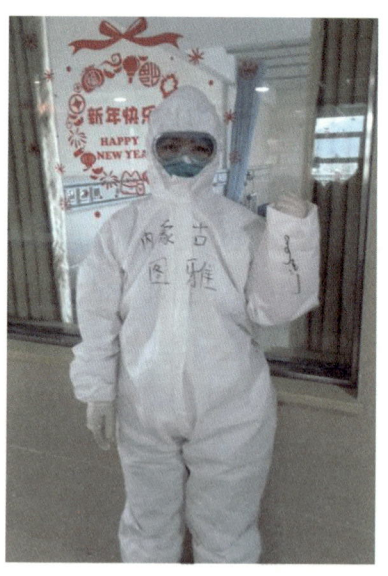

朝乐门图雅在鼓劲加油。

朝乐门图雅的一名患者病情加重，必须要转院。她送那名患者到医院大门口。患者握住她的手说："谢谢你的照顾，我如果还能活着，一定要好好感谢你！"

听到这话，她再也控制不住泪水，说道："大哥，相信我，好好听医生的话，你一定能治好！"望着救护车远去，朝乐门图雅在心里默默地祈求上苍，保佑她的患者好起来。

蒙古族小伙儿学方言

杭盖，蒙古族小伙子，是内蒙古援鄂第二医疗队 102 名队员中的一员，被分配到武汉江汉区方舱医院。来到武汉，他最不习惯的就是语言，因为平时讲蒙古语，普通话发音不是特别标准，在跟当地患者交流时，发生了很多有意思的小故事。

刚到医院时，好多患者看到他的防护服上写着"杭盖"两个字，都好奇地问道："这个姓蛮少的，么得（没有）见过。"他就跟他们解释说，这是蒙古族名字，杭不是姓，听得患者一头雾水。

有的患者很有兴趣地问："你们住的是蒙古包吗？每天骑马吗？牛奶就当水一样喝吧？内蒙古好远的，你们赶过来帮助我们，介是（真是）太谢谢你们喽！"还有的患者问他："克（在）哪里住？条子（身体）这么瘦，能不能扛得住？"

有的患者身体不舒服就会寻求杭盖的帮助，他们说自己有点发搔（发烧），克瘦（咳嗽），不虚服（不舒服），陡子痛（肚子痛）。这些方言，常常把这个蒙古族小伙子急出了一身汗。

为了能够交流，他主动找患者当语言老师，渐渐地听懂了一些方言。后来，他结合手势已经能够和患者实现有效沟通。有时，他也能模仿几句武汉方言，患者听了，常常会捧腹大笑。

这种看似"笨拙"的沟通，常常会给病房里压抑的气氛带来一份轻松，起到了舒缓心理压力的作用，也让患者感受到了内蒙古白衣天使的细心、耐心和关心。

他们跳起安代舞

3月3日，武汉市经济技术开发区沌口方舱医院，正是患者休息时间。

活泼开朗的"小面包"——内蒙古国际蒙医医院的宝塔娜拿起小喇叭喊话："病友们，大家来一起跳舞吧，今天带大家跳安代舞。"

宝塔娜的话音未落，晚餐1小时后的病友们纷纷响应，不一会儿，男女老少便排好了几条长队，摩拳擦掌地要一展身手。沉闷久了的病房需要一种欢快的气氛，患者更需要放松心情。

这些患者都知道蒙古族医务人员能歌善舞，他们喜欢蒙古族歌曲，更喜欢蒙古族舞蹈，一旦唱起歌跳起舞，好像病痛都减轻了。

音乐响起，宝塔娜等几个人在前面领舞，患者也跟着有模有样地跳得十分起劲。当然，作为一种疗法，宝塔娜只带着患者跳了安代舞舒缓的部分，这样不至于引起他们疲劳。为了避免气溶胶产生，他们省略了手里本该有的红绸带。

跳过一遍后，大家觉得不够过瘾，主动要求宝塔娜等三位领舞"返场一次"，还要拍照留念。

一曲跳完，宝塔娜三人都已气喘吁吁，防护服里汗水直往下淌。但听到患者发自内心的爽朗笑声，看到他们压抑很久的情感淋漓尽致地抒发了出来，心里也跟着高兴。

患者们都赞叹安代舞的神奇功效。他们还不知道，内蒙古国际蒙医医院在前辈智慧结晶的基础上，已经将"安代舞疗法"结合到临床，效果十分显著。

致敬英雄

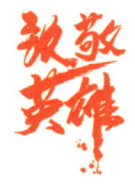

“抗疫”老兵再出击

没有一个冬天不可逾越，没有一个春天不会到来。

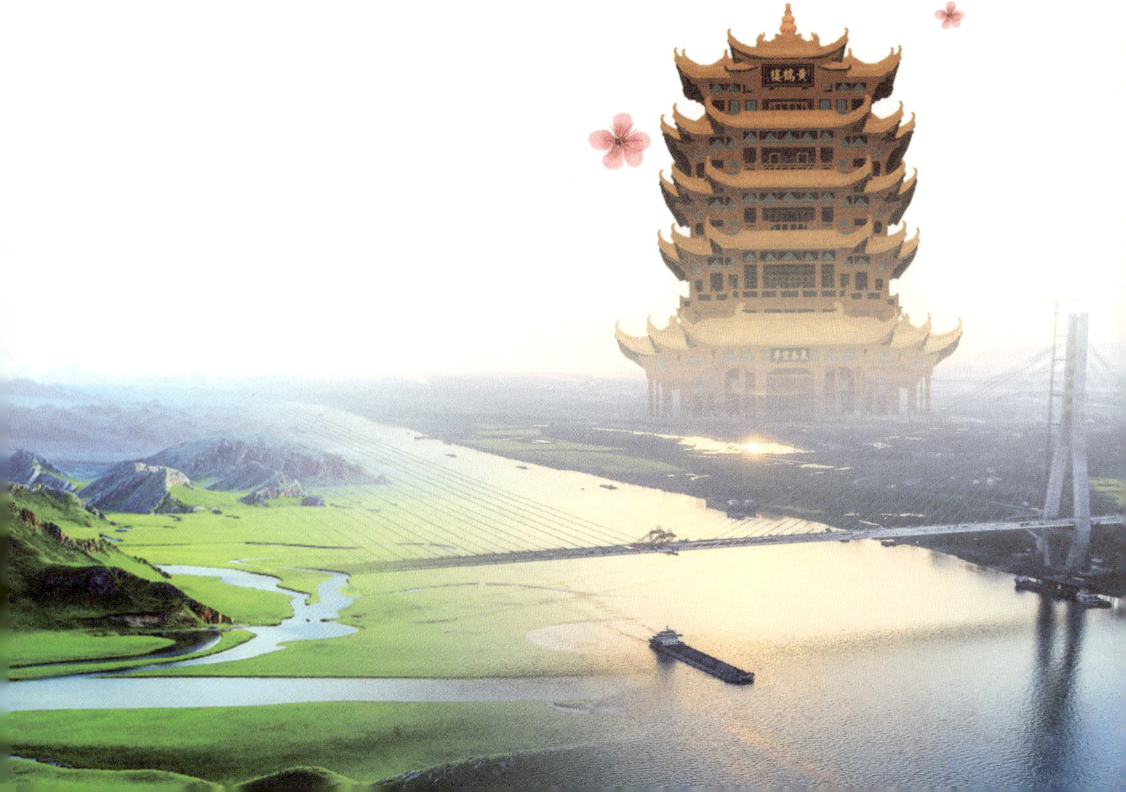

内蒙古援鄂医疗队
夏 凌

致敬逆行者

"抗疫"老兵再出击

荆门市的夜色很美。坐在疫情期间当地提供的通勤车里,夏凌一边和同事们说着话,一边望向闪耀着璀璨灯光却看不到人影的街道,脑海里又想起那些在病痛中挣扎的患者,心里没来由地担忧起来。

她几乎忘记了时间的流逝。下班回到驻地,她看到饭菜已经放在了房间外面的小凳子上。尽管饭菜种类不少,但是她没有什么胃口,草草地吃了一口,走到窗前,望着窗外即将下雨的天气,这才发觉,自己到荆门市已经50多天了。

夏凌是内蒙古医科大学附属医院的护士长。1月28日,她随第一批支援武汉的医疗队来到荆门市,在荆门市人民医院做新冠肺炎患者的护理工作。经历了医院感控条件差、语言沟通存在障碍等难关,如今她已经驾轻就熟地开展工作了。

2003年,"非典"如同黑云压境,作为党员先锋队的一员,夏凌义无反顾地投身到"抗非"的队伍中。她回忆说:"那是死亡和恐惧遮天蔽日的时光。"17年了,好多细节都历历在目,经历过"非典"的人,没有谁能忘记那些日日夜夜。

好在中国度过了那场灾难,夏凌也扛了过来。从那以后,她变得更加坚强,那些抗击疫情的经验在心底沉淀下来,成为一种属于自己的"财富"。"抗非"也成了她职业生涯的一枚印记,久久铭刻于心。

那像是一场噩梦,她不愿意再重复那个过程。这个愿望,竟然在今天被打碎了:新冠肺炎疫情突发,举国"抗疫",当国家召唤,她没有任何犹豫，又一次冲上了"战场"。在她从事这个职业的第一天起就没有想过退缩，因为"职责所在，责无旁贷"！

有担心，却没有恐惧。她无法判断荆门市会是什么情形，但她能够感觉到这次疫情的严重性，如果不是这样，就不需要全国各地的救援了。经历过"非典"的白衣战士，再次燃起战争的斗志。她说："我感觉自己心里有数，因为我有经验，只是要更辛苦些。"

哪里会有不流血的战争，哪里会有不辛苦的医护工作者？她做好了准备，和抗击"非典"疫情不同的是，这一次异地作战，"战场"上的形势，"敌人"的战斗力，包括当地的各种情况，都是未知数。

一路辗转，医疗队一行人抵达湖北省荆门市。稍做休整，她便迅速投入工作中。在一起工作的医务人员说起夏凌，都会羡慕地说："这是对抗过'非典'的老兵。"这个评价里面有尊敬，更有信任。而她喜欢这个称呼，她觉得这个称呼里有一种坚定的信念在里面——即便是再残酷的战争，"老兵"总是有取得胜利的办法。

刚到荆门市那天，下班以后打开手机，收到最多的信息都是家人、亲戚朋友在

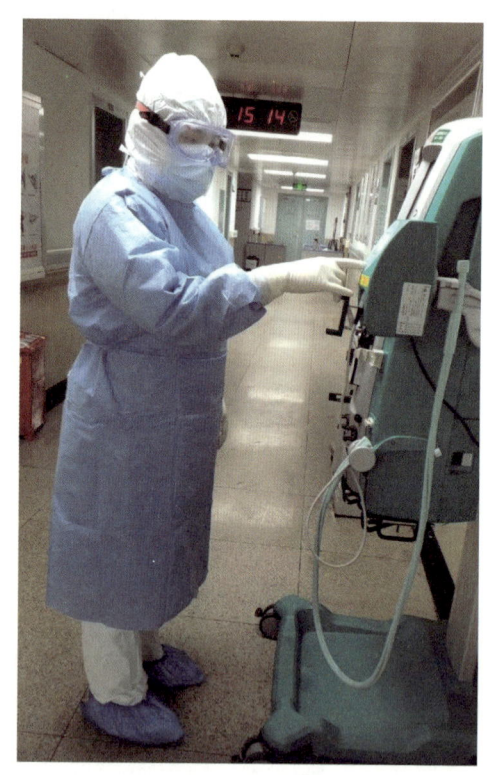

夏凌在认真调试仪器。

问:"那里怎么样了?""你怎么样?"她一时不知道该如何回答,只是淡淡地告诉关心自己的人:"一切安好。"她知道这种淡淡的语气,会让关心自己的人更加安心。

安抚了亲朋好友,还要安抚恐慌的患者。救治医院里的生生死死,给人们造成了极大的心理压力,那是一种无名的恐慌,就像找不到病毒在哪里一样,找不到具体的根源。

在夏凌接触的第一批患者中,有一位男患者引起了她的注意。那位男患者每天坐在病床边,眼神空洞地望向窗外,呆呆的、木木的,仿佛只剩下一具躯壳。加之一直不放晴的天气,他仿佛把自己的灵魂放在了阴暗的角落里。

凭着多年的护理经验,夏凌知道如果长此以往,他没有被病毒打倒,也会被自己的悲观情绪压垮。

夏凌便刻意地接近他,时常在他眼前摆摆手,做一个"OK"的手势。而他只是抬起眼,怯怯地望着她,没有任何表情。可能是病房里忙碌紧张的气氛影响到了他,也可能是"新冠肺炎"这四个字,让他看不到希望。这些都使他觉得自己的病情在日益加重,濒临绝望的情绪让他一蹶不振。

夏凌心里有些着急,这种状况对于患者的治疗和康复会产生负面影响。于是,她和同事们在日常护理时对他更加关心,让他感觉到有人在意他,有人在帮助他。在每次悉心护理之后,她都会做出"加油"的手势,或者竖起大拇指,鼓励他不要放弃,告诉他"你的身体已经越来越好了"。

患者逐渐平静下来,开始配合医务人员的管理和治疗,身体状况也一天天好了起来,眼神日渐明亮清朗,与医务人员的互动也多了起来。有时候,他会和医务人员说很多话,分享自己的一些故事。

因为工作需要，夏凌要调离这个病房了。她微笑着来和他告别，叮嘱他要注意的一些问题。他坐了起来，欲言又止，眼里泛起了不舍的泪花。看得出，他是一个懂得感恩的人，更明白自己的病情能够不断转好，都来自夏凌的帮助。救命之恩，当涌泉相报，他这个时候不知道该说什么，或许说什么都表达不了自己的感激之情。

一周之后，夏凌来到了新的病房。一到病房，就看到一个小伙子在病床上沉默着，眼神也黯淡无光。这样的状态立即戳中了她的心尖。她经过了解知道，这个19岁的小伙子（和她的儿子同龄）是过年聚会时被亲戚传染了病毒，已经入院一段时间了。

或许是青春期的叛逆，又或许是受到病毒的打击，自从进了隔离病房，他就不吃不喝不说话。作为护士，夏凌知道营养摄入不足，免疫力和身体各方面机能都会有所下降，这对于治疗非常不利。家人心急如焚，医护人员也跟着上火。

夏凌在想，如果他是自己的儿子，他会需要什么？在家里，夏凌和孩子不像母子，更像好友。于是她也以这样的心态和他交流，给他讲自己的儿子，给他讲内蒙古大草原，还把自治区总工会带给她们的牛肉干和奶食品分享给他。从小伙子逐渐灵动的眼神里，夏凌看出来，他已经能够听进去话了。

有一天，夏凌拿着一部手机来到小伙子的病床前，说："你的电话。"小伙子一愣，看了一眼夏凌，接了起来，眼神立即变得欢快起来，开始激动地说个不停。原来，夏凌向他的父母要到了他几个好朋友的电话号码，来了个突然连线，给了他一个小惊喜。从此，小伙子变得逐渐乐观起来，开始规律饮食，神情也变得阳光轻松。

小伙子变得爱说爱笑了，他的家人也放下心来，对夏凌万分感激。夏凌也很开心，她的原则是——对任何一名患者都不抛弃、不放弃。

和夏凌一个小组有名小护士，是荆门人，虽然个子小小的，可是每天都像有使不完的劲儿。她总说："夏护士长您太辛苦了，2床的水您不是刚给倒了吗？5床的液体您不是刚换上吗？6床……别忙了，放着让我来吧！"

接着她会强迫夏凌停下脚步歇一歇，一溜烟地把相邻几个病房里的事情都做了。她是在心疼这个内蒙古来的大姐姐，也佩服夏凌的敬业精神。

在她的印象里，内蒙古距离千里之外，是"风吹草低见牛羊"的地方。在休息的时候，她就会追着夏凌问一连串的问题。夏凌就不厌其烦地给她讲内蒙古的文化，讲内蒙古大草原是什么样子。她听了，脸上露出一副神往的神情，说："真是太美了！夏老师，等疫情结束了，我一定要去内蒙古看看，也去看看您！"

夏凌说："来吧，丫头，躺在流云的天空下，闻着草原的清香，呼吸着新鲜的空气，好好解一解这忙碌的困乏与压力！"小护士狠狠地点点头，说："等没有疫情了，您也来荆门看看，我带您到处走走，荆门也是很美的。"

回想着在荆门市发生的事情，夏凌心里暖暖地笑了，仿佛所有的辛苦、劳累、忧心，都在小丫头渴望草原的表情里融化了，就连房间里也没有那么冷了。她望着窗外的风景，想起外交部发言人在推特上的一段话：No winter lasts forever, every spring is sure to follow（没有一个冬天不可逾越，没有一个春天不会到来）。

3月20日，内蒙古支援荆门医疗队圆满完成任务，踏上了归程。看着荆门人民倾城而出，在路边挥着手，大声喊着："我们爱你！"

看着有的人在车外向车里的医务人员鞠躬致谢,夏凌的心里充满了不舍与感激,止不住泪流满面。

夏凌在朋友圈发了一段告别荆门时的视频,写下了"新冠疫情去,荆门云雾开。今日别离泪,他乡寄梦来"的诗句,表达自己对荆门人民的祝福和依恋之情。

致敬英雄

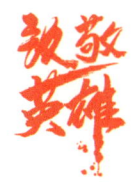

话　疗

战胜恐惧的“法宝”，是担当和自信，帮助身在“局中”的患者战胜恐惧，鼓起勇气活下去，“话疗”的临床应用是一个创举。

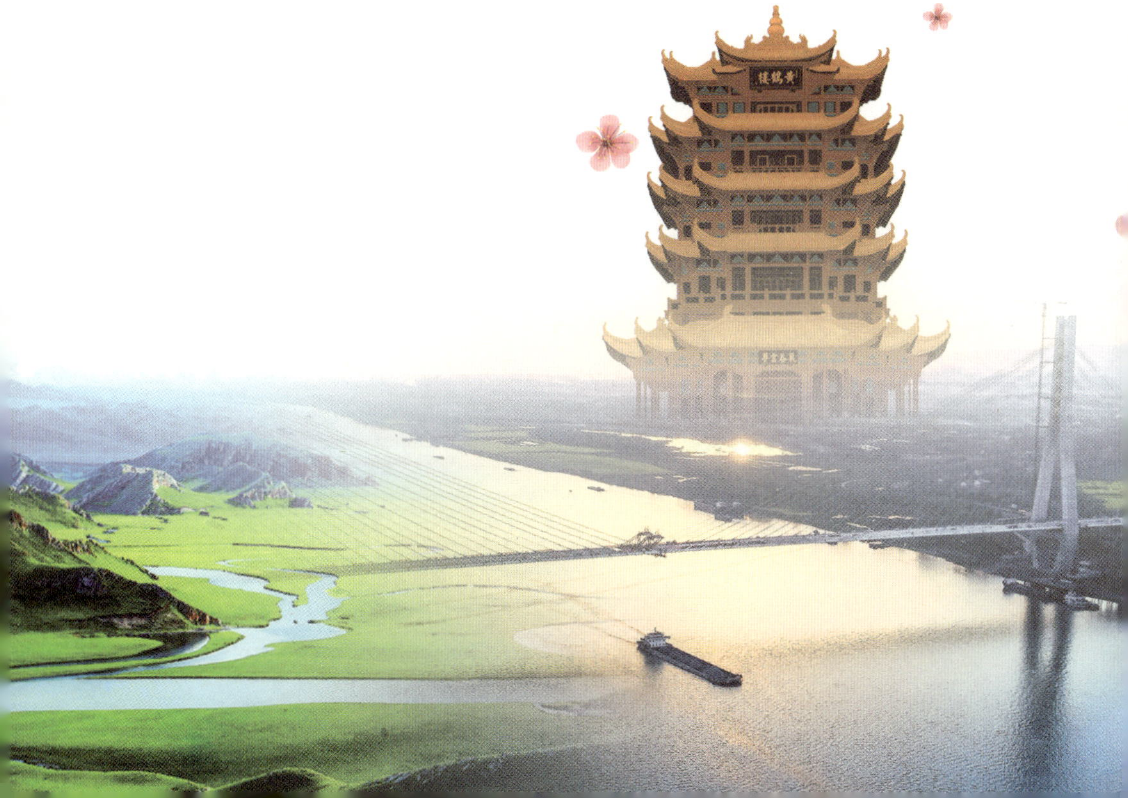

内蒙古援鄂医疗队
于海霞

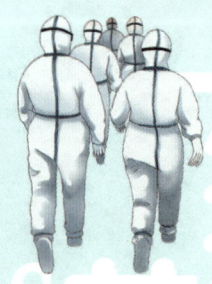

致敬
逆行者

话 疗

恐惧，是人类面对危险时候的一种本能反应。在新冠疫情暴发初期，人们最先产生的是恐惧，这种恐惧，漫卷到全国，乃至世界。

恐惧的心理，使人们在面对死亡威胁的时候，本能地选择了逃避。

这也是849名逆行勇士受到尊重的原因之一。在长达一个多月的采访中，"我们也害怕"大概是听到最多的话了。这是实话，没什么可遮掩的。知道恐惧，偏偏迎难而上，这让勇士们，特别是广大医务人员的举动产生了伟大的力量。

战胜恐惧的"法宝"，是担当和自信，这是比较复杂的心理过程。而帮助身在"局中"的患者战胜恐惧，鼓起勇气活下去，"话疗"的临床应用是一个创举。

"没法活了"

京山市仁和医院重症病房，紧张的救治工作在进行中，医务人员穿着厚厚的防护服，穿行于病床之间，防护服部件之间的摩擦，发出"沙沙沙"声响，节奏很快，就像在与时间赛跑。如果仅仅是治疗，医务人员的日子要好过很多，然而在忙碌的同时，他们还有很多操心事儿。

内蒙古医疗队的于海霞讲述了这样几个故事。

故事之一 只有26岁的张姓肾衰患者，有家族遗传性肾病，先是父亲去世，18岁时，母亲又因为车祸离世，遭遇不幸的连番打击，他拼命地挣钱养活自己，终于小有积蓄。在他22岁时，因为肾衰开始透析。他以为至少他的肾能维持到自己父亲的年纪……没想到，新冠肺炎疫情暴发后，他因发热肺感染，于2月18日住进了ICU。他觉得自己这一次"在劫难逃"了，死亡的威胁让他失去了理智，绝望中他抓起水果刀冲出了病房……

故事之二　"我的病情很难好转，以防不测，我有几件事情向你们交代：一、我的身份证和这封信拜托仁和医院11楼护士站李姣女士转交给你们……"2月20日，余姓患者自觉救治无望，写下了这封遗书。随后，他便进入"待死"状态：拒绝治疗，不思饮食，情绪暴躁，不言不语……

故事之三　52岁的郑姓患者，工作在深圳，自小身体不好，8岁那年得了"自身免疫性溶血性贫血"，偶尔还要靠输血续命，一直服用激素及免疫抑制剂。1月18日，郑女士一家人回京山市丈夫家过年。因与武汉返乡亲戚聚餐，不幸感染新冠病毒。1月26日，她开始出现低热伴有咳嗽症状，在镇医院住院治疗不见好转，并逐渐加重。2月6日，转入仁和医院普通病区，但是病情进一步加重，出现呼吸困难、衰竭等情况，12日转入重症病区。久治不愈，使她从紧张变成了害怕，甚至拒绝无创呼吸机治疗。如果这样下去，她只有一个结局……

活着的理由

这个医疗组成员主要由来自内蒙古自治区人民医院ICU、RICU，内蒙古自治区第四人民医院和包头一机医院等医疗单位的16名重症骨干医生组成，医师组长由内蒙古自治区人民医院重症监护科主任医师于海霞担任，护理组长由该医院的项雪莲担任。这无疑是一个

话 疗

"尖兵"分队。

面对患者出现的病情重、变化快的情况,重症医疗组的几位专家共商了一种心理疗法:"话疗",即每天除了根据病情为患者制定治疗方案、随时抢救患者外,组织队员从多角度采取多种方式为患者做心理疏导。

他们中的每一名成员,穿上防护服进入重症病区需要连续工作6个小时以上,不能吃不能喝,也不能排泄,工作强度大,压力更大。相对于繁重的工作,他们觉得最大的压力不是自我防护,也不是医学治疗护理,而是如何缓解重症患者临近崩溃的精神压力。

于海霞是"话疗"的倡议者,也是实践者。

不忘初心,牢记使命。

刚开始,"话疗"的效果并不明显。患者在压抑的心理作用下,多数时间处于一种封闭或烦躁的状态,不愿意敞开心扉。不对话,何谈"聊效"?于海霞明白要"打开"患者的心扉,必须找到聊天的"切入点"。于是,他们开始寻找"突破口"。

于海霞在和张姓患者聊天的时候，发现他病床的床头柜上放着儿子的照片，她猜到他最关心的应该是14岁的儿子，于是话题便从孩子切入。于海霞和患者经过多次沟通，让他因为"孩子还小，需要父亲"而重新树立了信心。

于海霞和写遗书的余姓患者对话，始于他80多岁高龄的老母亲，因为她看到他在遗书上写到了担心母亲的"遗言"，就和他说："你的病一定能治好，老母亲还得你亲自去赡养才行……"这让他想到做儿子的责任，鼓起了活下去的勇气。

拒绝使用呼吸机的郑姓患者让于海霞颇费心思，她一边调整治疗方案并耐心解释治疗方案会起到什么作用，一边像姐妹一样和她聊聊孩子和老公，聊聊女人的小话题。郑女士的心态在不知不觉中开始变化，她愿意配合治疗了。于海霞建议她逐渐加大食量增强体质，她也从开始接受到后来主动要求每餐多加一份，笑容也经常挂在脸上。

"聊效"显著

"话疗"的心理疏导方式，取得了一定的效果，这让医务人员十分兴奋，就连京山当地的医务人员也参与到这场"心理战"当中。

此时，内蒙古医疗队员活跃奔放、热情豪爽的"草原性格"起到催化作用，很快就产生了积极的效果，患者的情绪开始变得更加积极，从不再绝望到不再恐惧、担忧。随着病情的好转，他们的心态越发平和，主动配合治疗的积极性也高了起来。

张姓患者树立起信心，看到了希望。因为他知道在医生的精心治疗下，自己的身体状况越来越好了。他还要继续赚钱，过上更好的日子。

余姓患者将"遗书"交给了于海霞,既然不需要死,那就好好活着。他要回去亲自安排遗书中交代的各种事情,要亲自照顾高龄母亲。

而郑姓患者总结了战胜疾病的经验:一是心态要积极乐观,充分相信医生;二是好好吃饭,增强体质。综合起来一句话,就是"把事情简单化,人不能被自己打败"!

"聊效"显著,也激发了医疗队员们的斗志。他们开始亮出各自的"看家本领":会画画的关智芳在隔离服上挥洒作画,极具语言天赋的张郁微"土情话"妙语连珠,蒙古族姑娘李慧敏教起了草原歌曲,令人忍俊不禁的是大男孩护士李进鑫还做起了给大娘梳辫子的细活……

病房里,各种方言版的"你是最棒的"激励语,连接起了天堂草原和荆楚大地,连结起了内蒙古医务人员和京山市患者的心……

被"聊"伤了

"医病先医心"。医疗组的成员在治疗危重症患者时,坚持"话疗"的做法,取得了明显的效果。同时,他们自己也因此舒缓了长期疲惫带来的紧张情绪。

于是,在有内蒙古医务人员的病房里,常常会出现这样的故事:

一位好转的1967年出生的危重症女患者说:"我父母是教师,我们家是书香门第,我们姐弟4人我学历最低。"于海霞问她:"能说说你的学历吗?"她不好意思地说:"北大研究生毕业。"然后,于海霞沉默了。她发现,和患者"话疗",不仅仅是在给他们疗伤,有时候也会把自己给"聊"伤了。

病房里有一名86岁的老爷爷,病情已经好转。他的心态特别好，家里四世同堂，子女孝顺。说到子孙们，老人就会非常开心。一次，于海霞笑着对他说："您也是家里的活宝儿！"老人笑着打趣说："活包袱。"这个机变的回答，让病房里的气氛一下子轻松了起来。

　　直到医疗队撤离京山，重症医疗组一直在不停地观察患者的情况，不断地评估患者血流动力学、容量、感染、营养等状况，分析哪里出了问题，如何医理救治，同时要和病人沟通，要鼓励病人，不断改进"话疗"方向。

　　一个班次 6 个小时，一刻也不能停下脚步，一个班下来每名队员都已筋疲力尽。但是看着患者脸上浮现出的笑容、各项体征指标不断向好，看着出院人数的不断增加，队员们说："我们收获很大呀！"

致敬英雄

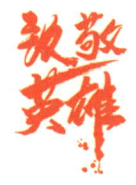

用生命去护佑生命

对于他们来说，每一名患者的治愈，都是对生命的尊重。

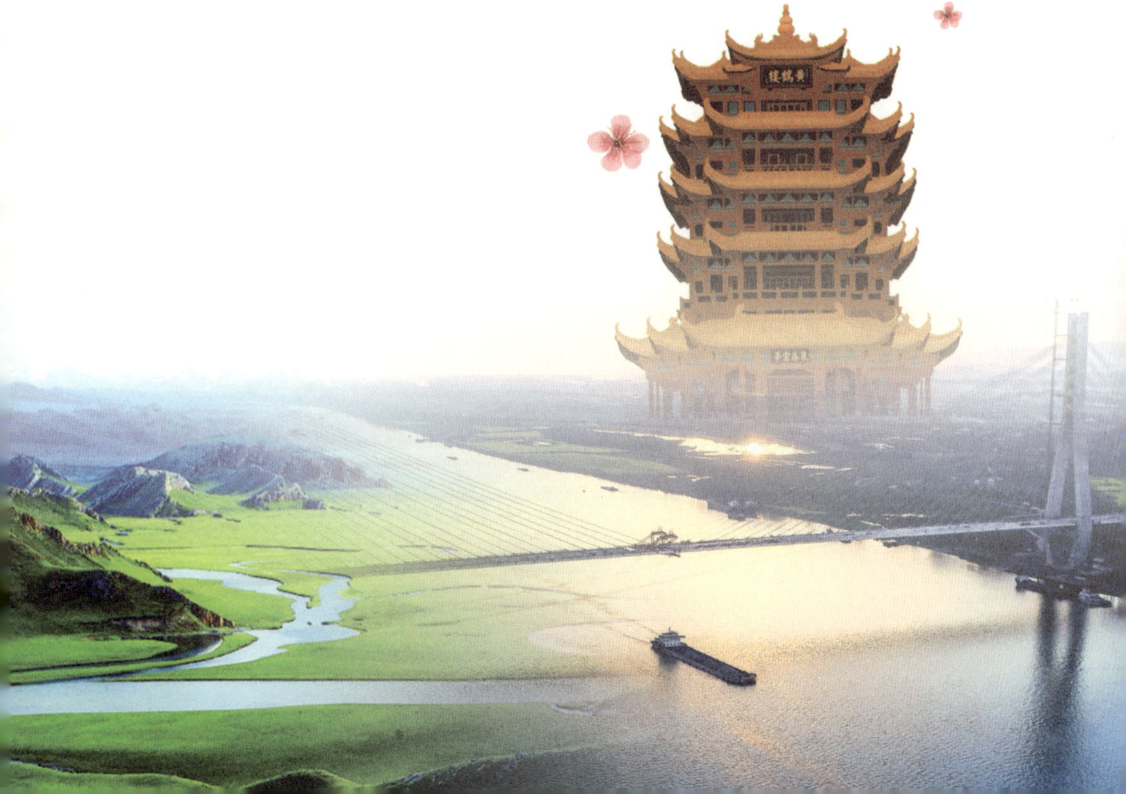

内蒙古援鄂医疗队
内蒙古一机医院

致敬
逆行者

用生命去护佑生命

故事的主人公是内蒙古一机医院的医务人员。之所以要讲出来，是因为看似平凡的故事，却凝聚着伟大的力量。因为，他们在荆楚大地，是用生命在装扮着春天。

医生的天职

"你为什么要去支援武汉？"

"实实在在地说，没有太多想法。或许和战士上前线、农民去种粮一样，医务人员就应该去治病救人，所以简简单单地就来了。为国也好、为家也罢，等打赢了这场战疫，履行完职责，我再静心想想我们做的这些事情，也好让这段不平凡的经历，赋予我应有的人生价值。"孙玮说。

孙玮，今年36岁，来到武汉后被分配到武汉协和医院西院，与钟南山院士医疗团队共同救治50名新冠肺炎危重症患者。

"养兵千日，用兵一时。国家有难，谁也不能做逃兵。其实，生活中哪有那么多为什么，如果非要问的话，我觉得答案是——良知。"孙玮说这话的时候，语气有些淡淡的。

或许，这个答案是援鄂医疗队所有队员的共同心声吧。

抱着一颗医者仁心投身武汉"战场"，孙玮觉得自己是在做一件对医生这个职业来说最正确的事情，不值得炫耀或者标榜什么，但是能够配合钟南山院士医疗团队工作，却是一次难得的学习机会。如果说治病救人是履行职责，那么加入这个团队，也是自己最好的收获吧。

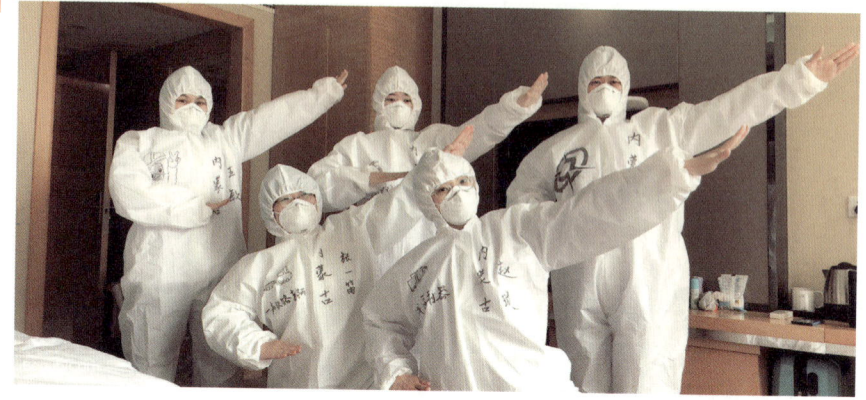

我们共同的目标：胜利。

确认过眼神

2月8日，元宵节。天气仍旧湿冷，窗外雾气蒙蒙。早上查房时，张旭东看到了她那双渴望的眼神。他心里一动，那眼神里求生的欲望让他瞬间做出决定，一定要帮助她。

那是一位40多岁、已连续使用5天无创呼吸机的危重女性患者。

此时，她呼吸急促，频率36次/分钟，神志清晰但烦躁不安，指氧饱和度83%，给氧流量5L/MIN。根据病情，张旭东将无创呼吸机吸氧浓度调至70%。

10分钟后，患者的指氧饱和度升至97%，呼吸频率降至26次/分钟。她看上去状态好了一些，眼神也明亮起来。从她的眼神中能看出，张旭东给她带来了希望。

经过一番调治，患者的吸氧浓度已下调至50%，呼吸频率在25次/分钟左右。张旭东放下心来，一边为她做进一步的检查，一边轻声地询问她的情况。

她听出张旭东是外地口音，将头转向他，凝视着他的双眼，并握住了他的手。虽然那双手是那么无力，但是眼神里的无助让张旭东心里一疼。他忘记了她可能会传染给他病毒，伏下身子，靠近她的脸，轻轻地说："你要坚持、再坚持，你一定会好起来，我会天天来看你！"

泪水从眼角慢慢地涌出，她用力地点了点头。这一瞬间，病房里一片宁静，只有呼吸机、监护仪发出的声音。

日常的守护

下面记录的，是在武汉协和医院西院的张鹏工作的一个场景：

3月7日19点35分，张鹏从驻地出发，到病房上班。平时，他都要乘坐专门接送医务人员的公交车上班，今天运气很好，搭乘了熟人的小轿车。

他晚上9点接班，次日凌晨3点下班。病区分为楼上和楼下两个工作区域，在楼下工作3个小时后，需要与另外一名值班医生交换岗位，到楼上的病区再工作3个小时。

他的主要工作和在自己原本所在的医院没有什么区别，就是查房、看病历、写医嘱，只不过现在他守护的患者不同，上班的时间在夜里。一直在重复着这个过程：在每一个深夜，张鹏都用这种方式守护着那50名新冠肺炎患者。

今晚，一名55岁的男性患者突然感到不适，病情有所加重，需要实施紧急静脉注射控制病情。张鹏赶紧核对用药剂量、监测心电图走势，进行病情判断，并认真思考下一步的治疗方案。

直到看着这名患者转危为安，安静地熟睡了，张鹏才放下心来，会心地一笑，转身去和另一名医生交接班。

对于他们来说,每一名患者的治愈,都是对生命的尊重。

加油,我的战友

2月13日,是个特别的日子。

晚上8点30分,鲜艳的党旗飘扬在驻地宾馆!内蒙古首批驰援武汉医疗队在这里举行支部大会!护士王敏因为表现优异,成为中国共产党预备党员,护士王晓霞、张一笛也成为入党积极分子。

面对党旗,庄严地宣读入党誓词的场景,王敏永远也不会忘记。她的心脏在怦怦地跳动,神圣而庄严的场面让她热血澎湃,激情飞扬。

当晚,王敏在日记中兴奋地写道:"很荣幸、很骄傲也很自豪,在特殊时期、特殊的地方,我光荣地成为一名中国共产党预备党员……在今后的学习、工作中,我要一如既往立足岗位,向身边党员同志学习,更加严格要求自己……"

"我能看得到她们坚定的意志,看得到她们加入中国共产党的自豪……加油,我的姐妹,我的战友!"护理组组长杨帆也在日记里激动地记录下自己的感受。

重症医学科,也许是新冠肺炎患者的一个生命加油站,也可能是他们的生命终点站。"我们一定要肩负起自己的责任,用我们的生命护佑患者的生命,时时刻刻牢记使命,为他们的生命加油!"王敏说。

湖北省疫情袭来之后,人们听到最多的就是"加油"二字。也正是这两个字,使医疗队员在面对生死、直面病毒的时候,有了勇气,有了必胜的信心。

懂得的人易沟通

2月15日，荆门市的一场大雪如期而至！荆楚大地，一片白茫茫。天气虽然略微有些冷，但那份纯洁、干净，让人们心里的不安和急躁轻缓了许多。

荆门市第一人民医院的监护室转入了一名患有肾衰的新冠肺炎患者。这名患者不言不语，眼神里一片黯然，只是机械地配合着医生的治疗。

护理组组长杨帆走到他的身边，对他说："你一个爷们儿，面对这点困难就承受不了了？不要那么悲观，现在比你严重的患者都出院了一批。如果你还有牵挂，还有未了的心愿，你就要坚强，只有活着才有很多可能……"

杨帆告诉他，自己是从内蒙古来的，是为了救他们才离开家人，来和病毒战斗。"看着你们受罪，我们心里也很难过，但是难过就放弃了吗？你这样做，不仅对不起你的家人，也对不起我们为你的付出……"

医务人员是患者的精神支柱，非常时期，医务人员的每一句走心的话语，一个坚定的眼神，一个鼓励的手势，都会给患者莫大的鼓励和勇气。

这名患者抬起头，看着杨帆的脸，默默地点了点头。

后来他和杨帆说，他挺心疼这些远道而来的白衣天使，他们每天要对患者进行治疗、护理、佩戴呼吸机、喂饭、喂水、喂药……还要不厌其烦地对患者们进行心理疏导。

其实，无论是哪种职业，哪些个体，互相之间能够懂得，还有什么不能沟通呢？

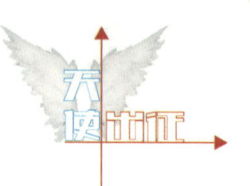

感恩的老外

这名患者的病情好转了！令内蒙古一机医院援鄂医疗队队长刘景彬兴奋不已。

2月15日，是刘景彬来到钟祥市的第十八天。这一天，他进入病房，最先查看的是一位青年女性，秘鲁人。她是刘景彬的患者。

1月16日，这名患者从广州来到武汉，在武汉住了一夜；次日，坐私家车来到钟祥市，未曾外出。2月7日，患者发病，出现咳嗽症状，就诊于钟祥市同仁医院。

她不会说中文，这让对她的治疗十分吃力。她对自己身处异国他乡患上新冠肺炎感到十分沮丧和恐惧。她是了解武汉疫情的，知道这次疫情有多可怕。

刘景彬用手势安抚她，帮她做系列检查。经胸部CT检查，发现她左下肺局部呈肺炎性改变，新冠病毒核酸检测为阳性。患者无发热、胸闷气短及其他不适，医院评估她为普通型新冠肺炎。刘景彬为她进行了抗病毒、提高免疫力、吸氧等对症治疗。

一周后复查患者胸部CT显示，患者的左肺病变面积明显缩小。刘景彬告诉她病情已经好转，待核酸检测阴性两次后，可以考虑出院。她看上去非常开心，笑着用最简单的汉语说着"谢谢"，并比画着说："我喜欢中国，中国很好！"

张娟是名90后

有一种选择向死而生，有一种付出无怨无悔。她来过，将永远铭记这段泪水与汗水相伴的日子，永远牵挂这片为之付出过努力的热土。

内蒙古援鄂医疗队
张 娟

致敬逆行者

张娟是名90后

护士站墙上的钟指向零点，张娟和前来接班的同事交接完毕，确认没有半点疏漏后，这才告别同事去更衣室。当班时，张娟全力以赴不敢有丝毫懈怠，此刻才觉得防护服里的身体滞重不已，后背湿冷的感觉袭来，那是密不透风的重重保护下，汗水在蒸发。半个月以来，从最初的紧张、不适到如今的安之若素，张娟觉得自己真正经历了一次生命的洗礼。

按照严格程序清洗消毒之后，张娟步出医院，门口负责接送的专车已在那里等待。回驻地宾馆的路不太远，每天来去匆匆，她根本无暇也没有心情观看路边的风景。此前，27岁的张娟怎么也没想到，今生会和千里之外的湖北发生关联。

2020年1月之前，身为乌兰察布市中心医院神经内一科护师的张娟，像所有这个年纪的年轻人一样，平静地上班、下班，享受甜蜜的二人世界——她和丈夫新婚不到半年。然而，一场突如其来的新冠肺炎疫情打破了所有的安宁……

她在宾馆门口下车，抬起头，一轮满月挂在中天，月光如银，洒落人间，安宁静谧，一如生命中那些平常的夜晚。张娟心口一热，今天是元宵节啊，昨天和父母、爱人视频时互道节日快乐，而转身便投入紧张的护理工作，容不得半点分神，很快就把过节的事忘在了脑后。

此刻，借这片刻的放松，张娟让自己的思绪开了下小差："但愿人长久，千里共婵娟。晚安！"最后这两个字，张娟是对远在内蒙古家乡的亲人说的，也是对脚下被疫情阴影笼罩的荆楚大地说的。自从援鄂以来，她觉得世间没有比"平安"更宝贵的字眼了，她深切

地祈愿肆虐的病魔早日退去，还这里青山绿水平静安宁。

张娟上楼回到自己的房间，照例取出日记本，她一直有写日记的习惯，尤其随援鄂医疗队出征以来，更是天天不落，记下了工作、生活的点点滴滴。她知道湖北之行将是生命中的浓墨重彩，很多东西会在时间里沉淀，必将终生难忘。

没来之前，张娟印象里的湖北和大家一样，是一个地理名词，是崔颢笔下的"晴川历历汉阳树，芳草萋萋鹦鹉洲"，是苏轼豪放的"江山如画，一时多少豪杰"，是李白吟咏的"朝辞白帝彩云间，千里江陵一日还"，令人心向往之。只是，自己做梦也没想到，会和这方土地以如此的方式相遇。

一个月前，张娟所在医院接到驰援湖北的任务，她毫不犹豫地报了名，当出征名单确定并榜上有名时，她拿起电话打给父母。电话那端是久久的沉默，张娟平静一下心绪，尽量放缓声音说："爸、妈，疫情就是命令，那边的患者需要我们，这也是我们的职责所在……你们放心，我会保护好自己的……"

许久，父亲的声音才从电话那边传来："好，我们支持你，一定要照顾好自己，平安归来！"张娟清晰地听出了父亲声音中隐忍的颤抖，那是不舍、担忧与牵挂，此去疫情凶险，父母如何不牵肠挂肚？张娟不禁红了眼圈儿。可此时荆楚大地疫情肆虐，有很多如他们父母一样的人等待救治，她来不及悲伤，把泪水硬生生憋回去，迅速和同事们踏上了征途。

2月1日，张娟被分到荆门市掇刀区荆门市第一人民医院感染一病区。尽管一路上做足了心理准备，但身临其境，平生第一次穿上厚厚的防护服、隔离衣，走向病房的那一刻，她的心里还是惴惴不安。

由于每位援鄂的医务人员都在隔离衣上写下了自己的省份和名

字,去往病区的路上,张娟收获了当地工作人员很多的致谢与鼓励,这让她的不安消减了不少,在心底对自己说:"加油啊!"

到达工作岗位,首先是了解、熟悉患者情况,有需要透析的,有需要使用呼吸机的,有需要进一步诊断的……张娟透过护目镜,望着病床上亟待救治的患者,和紧张忙碌已经疲惫不堪的医务人员,不由得一阵心酸。她从事护理工作几年来,也经见了各种场面,可从来没像今天这样让她感到责任和压力。她明白这将是一场严峻的考验,一场和病魔无声的角力,她必须和同事们同仇敌忾、心无旁骛地投入这场没有硝烟的战争中,于是再也顾不得担心害怕,迅速调整情绪投入紧张的工作中。

一切比想象中要艰难,单单一身密不透风的防护服就令人束手束脚,行动缓慢。张娟刚穿防护服时,很快就感到呼吸困难,更不要说工作了。为了节省防护服,在一天8小时的工作时间内,她和所有的医务人员都是不吃不喝;为了省去上洗手间的麻烦,大家都穿上了纸尿裤,行动起来越发不便,但除了咬牙坚持,没有别的选择。

当为患者接完大小便汗流浃背时,在病房中穿梭,累到能听到心跳加速感到窒息时,张娟悄悄在无人的角落靠墙喘息片刻,为自己加油打气:"坚持住,看看病

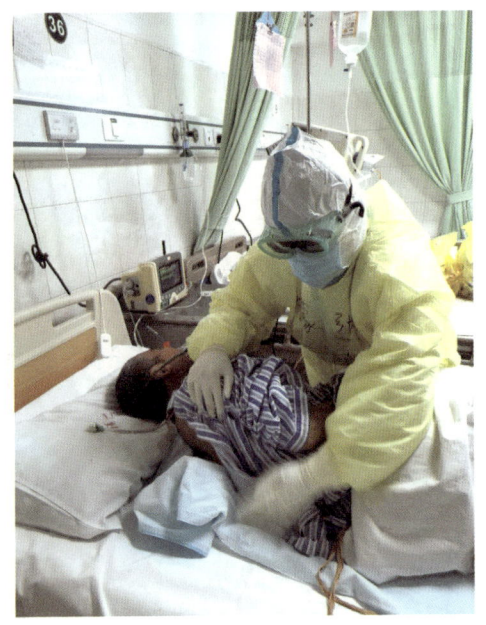

帮助患者翻身也是体力活。

床上那些患者，你何其幸运！别忘了你来的任务，和病患一起抗击病魔，把健康还给他们！"就这样一次次疲惫不堪，又一次次满血复活。

由于新冠病毒感染者没有家属陪护，所以张娟的工作量特别大，除了雾化、输液、打针、做咽拭子……这些日常护理工作之外，还要承担重症患者的一切生活起居，包括喂饭、翻身、接大小便。众所周知，面对传染性极高的病毒，无论是医务人员还是感染者，都有着沉重的精神压力，有不少感染者情绪低落，有时难免不配合治疗。每遇此种情况，张娟都会很着急，心理是一个人的精神支撑，如此消沉十分不利于康复。

一个和张娟差不多同龄的小伙子，每天躺在病床上郁郁寡欢，面对医务人员的关心和询问十分漠然，总是用一两个字敷衍代替。望着那张年轻的面庞，张娟心里倍感焦急，半个多月来，她深深体会到患者内心深处的恐惧以及对活着的渴望，他们是在以抗拒的方式来遮掩内心的脆弱。张娟越来越多地关注他，趁护理的时候跟他聊天，带给他积极的心理暗示："今天外面天气很好，阳光很暖，路边的玉兰花

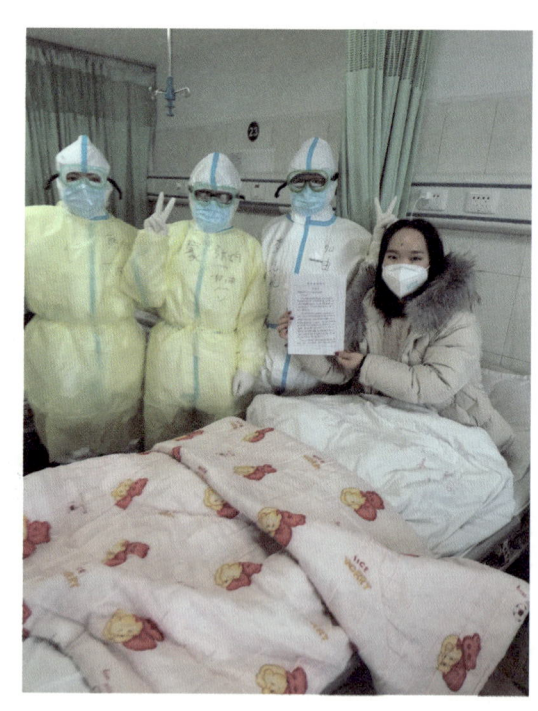

胜利在望。

都吐苞了。加油啊，一起去看玉兰花！""好消息！曾经和你同病房的那位叔叔出院了。你也要好好吃饭，增强免疫力，争取早点出院，好吗？"

张娟把家乡寄来的牛肉干带给他，为他冲一杯奶茶，给他打水、买饭、代买东西……润物细无声的关怀，一点点融化了小伙子的心，她发现他眼里有了光，会笑了，也愿意跟她交流了。她看到这些，所有的疲惫都化作了欣慰。

张娟也有崩溃到难以支撑的时候。那是在夜阑人静时，紧张的忙碌过后，患者病情加重，每个人都焦灼难耐，却又束手无策，那时她看到了生命的脆弱与无辜。惨白的灯光下，汗水夹杂着泪水，模糊了护目镜，四周静寂得只能听到防护服内被放大了若干倍的心跳声，窒息难耐，那一刻，口罩几乎勒进肌肤里，痛痒不止，却无法抓挠，令人苦不堪言，张娟真想撕心裂肺地大哭一场。可是，她不能，她的战友们不能，他们退却了，谁来守护这些病患？

2月14日，恐怕是张娟永生难忘的情人节。丈夫打电话说自己加入了志愿者的队伍，以实际行动支持她在前方"抗疫"。丈夫不知道，那时张娟刚刚下了班，疲累不已，加之失眠，她每天靠服用安定才能入睡。丈夫说："你要好好吃饭、睡觉，你不是一个人在战斗，我就在你身后，等你平安归来！"张娟哭了，丈夫的支持是最好的情人节礼物，二人同心，其利断金。她打开窗户，清爽的风吹进来，空气中飘荡着春天的气息，看着手机里的婚纱照，她渐渐地进入了梦乡。

张娟的护理工作基本为抽血、取咽拭子，给患者做雾化、换氧气、输液，照顾重患者的饮食起居，工作量和原先科室的工作量比起来不算多，所不同的是，身着厚重的防护服，手脚被束缚起来，很多原本简单的事情现在做起来比较困难，所以工作就变得费时费力。但令人欣慰的是，患者们都表示了深深的理解，他们说不急，你们慢慢来。

有一位大叔，最初交流时，张娟听不懂他的方言，就靠近他放慢语速跟他交流，许是张娟温和的言语感动了他，他不再抵触吃药，也开始跟她聊天。听说她来自内蒙古，神情中流露出向往之态："来自大草原啊，那里风景一定很美！"张娟就给他讲家乡的风土人情，还和他约定疫情结束后在大草原相见。这位大叔终于一扫脸上的阴霾，笑着道："谢谢你，姑娘，谢谢你们不远千里来帮助我们，一定要保重自己啊！"那一刻，张娟眼睛湿润了，连日来她听到越来越多患者的关心和祝福，把她所有的苦累都柔化了。

一晃 50 多个日夜过去了，好消息在不断传来，出院的患者越来越多，工作量减少了很多，所有患者的雾化都停了，很多以前 BID 用的药也停了，只剩下了基本治疗。

驻地宾馆门前的玉兰开了，春天终于到来。终于盼到了回家的日子，跟张娟一同踏上返乡旅途的还有那几十页抗疫日记，她把日记本轻轻地放进旅行箱，那是她此行最珍贵的纪念。

沿途欢送的人群再一次让张娟泪水汹涌，再见，荆门！再见，湖北！有一种选择向死而生，有一种付出无怨无悔，她来过，将永远铭记这段泪水与汗水相伴的日子，永远牵挂这片为之付出过努力的热土！

武汉的春天故事

　　武汉市的春天终于到来，武大的樱花正在绽放。
　　那些发生在病房里的故事，仍然在流传着……

武汉的春天故事

武汉市的春天终于到来，武大的樱花正在绽放。街上的人流开始密了起来，这座繁华的城市开始焕发生机。内蒙古援鄂医疗队已经撤离了，但是那些发生在病房里的故事，仍然在流传着……

中药药方管用了

"11床的血压回升了！有尿了，说明肾功能也在恢复！"武汉市肺科医院ICU病房内，例行查房的医生惊喜不已，情况真是令人振奋！11床是第一批新冠肺炎患者，治疗了两个月，用了各种方法，始终不见好转，最后只得采取气管插管。

"太好了，我马上联系赵主任！"ICU的负责人立刻给赵主任发微信。

"赵主任，您开的方子11床和12床已服用，尤其11床效果明显，12床体温降了一些。您什么时间再来调整方子，也为9床会诊一下吧。"

"那我明天过去。"

他们口中的赵主任，是

春暖花开时，心情也大好。

131

援鄂医生、内蒙古中医医院的赵丽萍,主要承担重症病人的救治工作。武汉肺科医院是一所西医医院,对患者的治疗多采用西医疗法。但是,有几位住在ICU的重症病人采用西医治疗始终不见好转,于是ICU的负责人就找到了赵丽萍会诊,在治疗时结合了中医疗法。没想到,患者只吃了3服中药,症状就明显改善了。

赵丽萍也十分兴奋。连日来,她一直在根据每位患者的不同症状苦苦琢磨用药方剂。她记得第一次会诊时,11床脉沉、细,四肢冰凉,每天十几次大便,无尿,血压较低,需要持续血滤。赵丽萍逐一对症施治,开出药方。患者吃了几天中药,血压回升,肾功能开始恢复,并且从持续血滤过渡到阶段性血滤。

赵丽萍信心大增,身上所有的疲惫一扫而光,刻不容缓,趁热打铁,争取让患者尽快转出重症病房,早日痊愈。她从脑海里调出患者的信息,运用平生所学,开始酝酿新的良方……

来不及害怕

尽管事情过去多日,那惊险的一幕,还是令人心有余悸。

陈辰是内蒙古中医医院的护士,负责转运重症患者。抵达武汉后,娇小的陈辰成了队员们眼中"不折不扣的草原女汉子",工作出色,处事干练,颇有"大姐大"的气质风范。

2月19日中午,陈辰接到将几名重症患者从空降兵医院转运至火神山医院的任务,这也是她第一次前往火神山医院转运患者。陈辰心里高度紧张,生怕患者途中发生意外。一上车,她就全神贯注地观察着每个患者,唯恐有疏漏。

由于路途比较远,加之一路颠簸,突然,一名患者在途中出现了呼吸困难和咯血等症状。陈辰迅速采取措施,立刻给患者吸氧,并将其头部偏向一侧以防窒息，随后用吸痰器帮助患者吸痰。突发状况令陈辰心急如焚，忍不住一再询问司机还有多久能到达目的地，恨不得让救护车插上双翅。

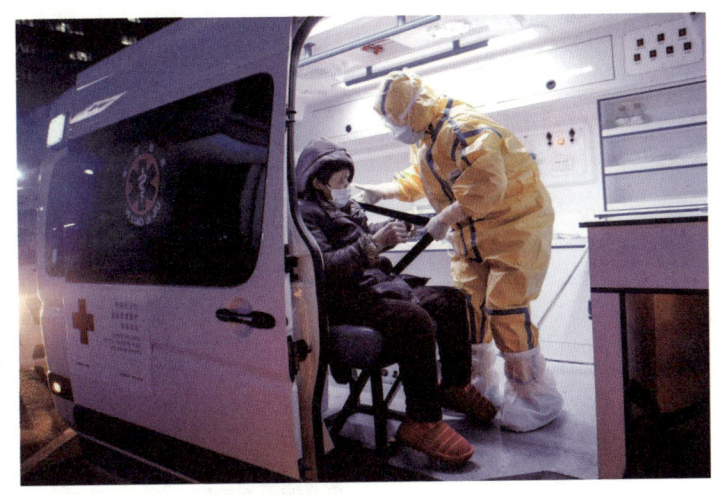

转运患者需要做到胆大、心细。

一路上，陈辰紧张地关注患者的情况。到达火神山医院已是下午6点多，终于将患者安全送至病房。此时，陈辰才觉出防护服里的身体在淌汗，护目镜已经一片雾气蒙蒙。而接诊的医务人员看到陈辰的样子也不禁目瞪口呆——她的手套和防护服上沾满了患者咳出的血液和痰液。这太危险了，如果防护服有一点点问题，后果不堪设想。他们马上围着陈辰仔细检查起来，直到确认她的防护服完好无损后才将她"放行"。

返程的车上，疲惫至极的陈辰想起刚才"战友"们紧张的样子，心里既暖又怕，暖的是他们对自己的关爱，怕的是如果被传染……可是，在那种危急之下，还有什么比一个生命更重要，哪还来得及害怕？当时，她失眠了，并且写下了一封遗书……

不要靠近我

援鄂以来,李菲菲经历了那么多刻骨铭心的事情,可让她永远无法忘怀的,是到方舱的第一天,一名患者给她的感动。

李菲菲是内蒙古民族大学附属医院的护士,90后。接到援鄂任务后,虽然她做好了一切心理准备,但到江汉区方舱医院第一天,未知的形势仍然让她十分忐忑。但是,当她一进入工作状态,看到患者的痛苦,瞬间所有的担忧、恐惧都被抛到了九霄云外。

在病房里,一位患者大姐焦急地向她询问自己的病情和后续的治疗方法。李菲菲听不懂当地方言,加之穿着厚厚的防护服,更增加了

90后同样能担起重任。

二人之间的交流障碍。她只好尽可能地靠近大姐,想听清她在说些什么。可是她每前进一步,大姐就后退一步。李菲菲不禁有些着急:"您别往后退呀,我听不清您在说什么。"

大姐摆手阻止着她靠近,连连说着什么。当她终于弄明白大姐的意思时,不禁热泪盈眶。原来这位大姐表达的是:你们千里迢迢来救治我们,已经很不容易,我这个病很严重,传染性很强,一旦得了会……我不希望你被传染,所以你不要离我太近,你要好好保护自己……李菲菲明白了她的意思,使劲地冲大姐点着头,双手合十致谢,表示明白了她的心意。她想:等大姐痊愈了,一定要给她

一个拥抱。此后,每当她工作疲惫感觉无力支撑的时候,就会想起大姐的举动,身体里就像灌注了能量。

一封感谢信

万全是内蒙古民族大学附属医院援鄂医疗队临时党支部书记,他的手机里一直保存着一封感谢信。万全和团队在沌口方舱医院负责110名患者的心理疏导工作。他记忆深刻的是一名64岁新冠肺炎确诊患者,因受外界环境影响及内心的多虑,出现了焦虑、精神紧张等状况,饮食、睡眠受到严重影响,这位患者每天都找他好几次,如果不在班上就电话或微信联系他。

上述心理现象不利于患者的康复,对疾病预后影响很大,为了改善患者心理状态,万全在众多心理疏导方法之中,选择了解释法和放松法:给患者解释新冠肺炎的概念,让病人了解这种疾病,告知他怎么防护,带他练习洗手的方法,给他讲故事分散注意力,主动跟他聊天让其精神放松,缓解紧张及恐慌情绪,给他分析胸部CT及核酸检测结果。经过一段时间的心理疏导后,患者心理状态明显好转,终于开始积极配合治疗,身体的各项指标也逐渐趋于正常。

于是,就有了手机里的那封感谢信:防护服、护目镜、口罩,隔断了你我之间的面容,但隔不断我对你的关心、问候,你要做好自身防护!你们不远千里支援我们,共同抗击病魔,一方有难,八方支援,舍小家顾大家,病魔无情人有情,你们用行动诠释了白衣天使救死扶伤的崇高使命……

从业以来,万全收到过不少患者的感谢信,唯有这封信他不时拿出来阅读。因为它见证了突发疫情下医患之间的真情,这是任什么都抹不去的人间暖色。

干女儿

驰援武汉第 36 天，鄂尔多斯市东胜区人民医院的白云上小夜班，那夜她心情极其复杂，不是想家了，而是一位空巢老人的孤独令她揪心。老人姓郭，曾是名俄语老师。患病前，郭奶奶住在养老院里，她同时患有精神障碍和糖尿病。白云和同事们都没有护理这类患者的经验，工作起来难免有些棘手。

就在白云值班的当晚，郭奶奶又发病了，说什么都不肯吃药、打胰岛素。白云既担心又害怕，稳稳心神，用心理医生教的办法尝试和郭奶奶耐心交流，慢慢疏导她的情绪。让白云没想到的是老人突然说了一句："我好孤独，我生病了，儿子、女儿都不来陪伴我。"

喃喃自语的老人躺在那里，头发花白且凌乱，神情无比落寞，像极了孤独无助的小孩。白云的心仿佛挨了一记重锤，疼得无法呼吸。她忍住内心的酸楚，跟老人解释道："不是他们不想来，是现在的交通都停了；再说，为了避免传染，医院不允许家属陪床。奶奶，现在我就是你的孩子，我来陪你好不好？"

老人的眼里闪过一丝光亮，但瞬间又黯淡下来："你陪着我，你的爸爸妈妈怎么办？"老人的善良令白云泪流，她对老人说："奶奶，我来自内蒙古鄂尔多斯，是专门来陪伴、照顾您的，您就把我当作您的亲人吧！"郭奶奶从防护服上叫出了她的名字："白云，你叫白云，孩子，你做我干女儿好不好？"白云说不出话，使劲地点着头。

老人终于安静下来，乖乖地吃了药，打了胰岛素，然后安静地睡着了，灯光下，她苍老的面容上，眼角还残留着泪痕。白云站在老人床边久久没有离去。此刻，她希望老人的梦境是安宁的，希望全天下的老人都不再有孤独和病魔的梦魇。

生命"摆渡人"

国有战,召必来,战必胜!

内蒙古援鄂医疗队
李云鹏

致敬
逆行者

生命"摆渡人"

武汉的天气少见晴朗,令人们的心情也多了分压抑。江汉区方舱医院里的医务人员又送出了几名需要转运的患者。轻症患者自行上了救护车,重症的,则用轮椅或者担架。整个过程没有人大声说话,就连医务人员鼓励患者的声音也显得有些滞涩。但是,那些声音在此刻听来,无异于是天籁之音。

救护车从江汉方舱医院驶出。司机李云鹏沿着熟悉的路线,向协和医院西区方向驶去。他开启了救护车顶上的警示灯,提醒人们车辆在执行任务,却没有按下警报器。救护车的警报声,总会给人莫名的压力。这座曾经繁华的城市,现在需要安静。

救护车行驶得异常平稳,但是并没有影响到车速。李云鹏知道,驾驶室物理隔离层后面,那些患者此时一定

李云鹏的队服。

很着急。病毒正在侵蚀他们的生命,求生的本能,让他们都渴望早一点得到有效的救治。

车内的"乘客"是新冠肺炎患者,因为治疗的需要,必须转移到另一家医院去救治。患者虽然戴着口罩,却是病毒携带者,或许

是飞沫,或许是气溶胶,或许是粪口传播,危险无时不在。总之,在车里的人,心里总是忐忑不安的。

这些患者神情各异,有的人看上去很漠然,好像什么都事不关己的样子,从他们脸上仿佛看不到希望的影子。有些人看上去很焦躁,好像绝望到了极点,对医务人员的安抚无动于衷,稍有不顺,就会情绪激动。李云鹏遇到过这样的患者,也理解他们的烦躁。生死未卜,任谁也难以从容。

车上的医务人员心里也不平静,职责告诉他们,治疗的担子还很重,而早一些治疗,这些患者的希望就会多一些。因此,每一次转运患者,大家都觉得是在和时间赛跑。

李云鹏是内蒙古自治区妇幼保健院的一名司机,驾驶的是负压救护车。这种车辆最大的特点是负压,也就是车内气压低于外界气压,空气在自由流动时,只能由车外流向车内,而车内的空气再排出去的时候,已经做过无害化处理。这是防控传染病的特种车辆。

李云鹏虽然在驾驶室,但是距离患者如此之近,能够保持镇定,还是经历过一个适应过程的。透过护目镜上的雾气,他尽量让目光看得更远些。作为一名老司机,驾驶技术自然没有问题,可是他知道,车辆越少的环境,突发的危险会更多一些。此时此刻此情此景,他加了十分的小心。

他要救人,更要保护好自己。从家里出来的时候,他告诉7岁的儿子,自己去参加一场"战斗",是一场能够打赢的战斗。他还说自己一定会平安回来。儿子当然相信身强体壮的父亲一定会胜利,他还不太懂"战场"上的凶险,只是为爸爸的勇敢而感到自豪。小孩子眼里的父亲,永远是英雄一样的存在。

李云鹏能"骗"过儿子却骗不了老人,老人死活不同意。李云鹏便亮出了4个理由:我是退伍军人;是共产党员;是专职司机;

生命"摆渡人"

17年前参加过抗击"非典"的战斗，有经验。现在武汉的患者需要帮助，您说我该不该去？老人无言以对，道理他们都懂。

李云鹏料到了此行的危险，也做好了心理准备。但是，他没有想到实际情况比自己预想的还要糟糕一些。他和同事——儿内科男护士陈佳乐，刚到武汉的时候疫情正紧张，方舱医院开启不久，物资供应不足。几天过后，他们的生活物资就出现了危机。这时候，江汉方舱医院的5名"战友"支援了他们N95口罩和一些吃的东西，帮助他们渡过了难关。这些物资，在平常是很普通的东西，但在"战场"上却无比珍贵。

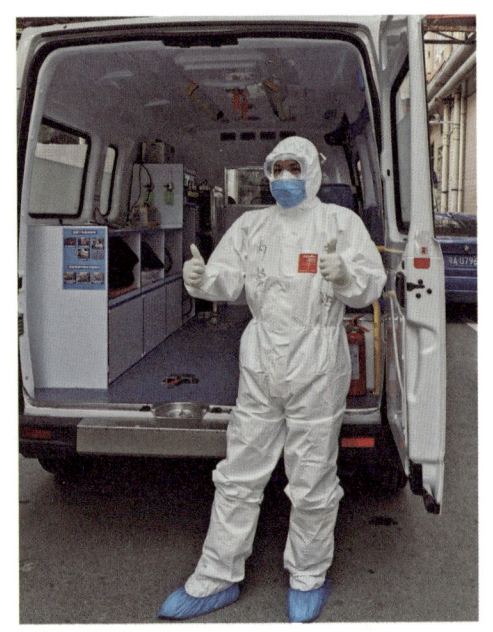

顺利完成任务。

正是这些"战友"互相鼓励、互相支持，让每个人在"战斗"中充满了必胜的力量。从2月9日到3月9日，李云鹏和同时到达的10名司机，已经在武汉工作了1个月。

这一次，转运患者的路线有些长。当救护车走出三分之二里程的时候，因为李云鹏穿防护服的时间过长，出现心慌、困倦等状况，他知道自己血氧低了。看到他的异状，同车的医生辜生威说："你休息一下吧！"李云鹏说："时间不等人，我能坚持！"

辜生威一直是李云鹏的搭档，一个月来，并肩"战斗"让他们成了好朋友。他怕李云鹏出危险，就找话题和他聊天，问他最想到

湖北的什么地方去。李云鹏说："想去湖北省博物院，想看看曾侯乙的编钟和越王勾践的宝剑。"

这样的闲聊，让时间过得快了起来，说着话的工夫，便到了目的地。下车时，车上的几名轻症患者一直说着感谢的话，因为方言的关系，他只听懂了"谢谢"两个字，他对那些人说："我是内蒙古红十字会救援队的队员，祝你们早日康复，早日出院！"几名患者为他们竖起大拇指。

返程便轻松了许多，李云鹏和辜生威愉快地聊着刚到武汉时的情景。这些话题已经聊了好多遍，只不过一次比一次多了些细节。

李云鹏刚到武汉驻地的第一件事，是学习穿脱防护服，这让他第一次知道穿脱一件衣服如此不易。按照要求，他还完成了各种防控实战的培训。

李云鹏每天要工作 8 个小时，意味着这 8 个小时的时间他都在和新冠病毒打交道，危险时刻存在，稍有不慎，后果可想而知。他告诉辜生威自己第一次出车时，尽管全副武装，但还是紧张了。辜生威说："我也紧张，隔离服外面就是病毒，紧张很正常。"

但是，患者一上车，他进入驾驶室，就会忘记心里的紧张。他只是感到心里堵得慌，就想着速度再快一些，让患者们尽快得到治疗，早日康复起来，他们都有活着的权利。他想看到他们的笑脸。而他唯一能做的，就是安全、顺利地完成转运的过程。

两个熟人之间的交流没有障碍，这让李云鹏讲述得更加有画面感。

2月24日，李云鹏换了装备，看上去英姿飒爽。接着他便接到通知：执行转运重症患者的任务。患者被抬上救护车，其中有3名60多岁的患者。病毒的侵害，让他们看上去孱弱不堪。李云鹏无声地驾驶着救护车，一路上都在为他们担心。

生命"摆渡人"

第二天上午 8 点，李云鹏接到通知——有重要的转运任务。这一天的患者很特殊，一共 42 名，是当地医院被感染的医务人员，属于轻症患者。他心里感到无比难过，有物伤其类的感觉。

他们上车时用武汉方言在交流，语速很快，人也很有活力。他们是在救治患者的时候被感染的。李云鹏听不懂他们说什么，但是能看到他们的神情里没有恐惧，没有担忧，都是一副无畏的样子。李云鹏还是第一次见到笑对病毒的患者。得知李云鹏来自内蒙古，他们向他表达谢意。

当时，莫名的悲伤笼罩在李云鹏的心头，这也是他的战友啊！他们在"战斗"中负伤了，需要他送去疗伤。他压抑着心里憋闷、酸涩的情绪，平稳、快速地开着车：战友啊，就让我把你们送去救治吧，我能做的也就这些了。

这一天，李云鹏陷入了一种悲壮的情绪当中，他浑然不觉得累，似乎累一点，多为他们做些事情，自己的心里会更舒服些。当晚，车队的 4 名党员召开了支部会议，李云鹏被选为支部书记。

那天晚上，李云鹏声音低沉而严肃地对另外 3 名党员说：这几天的转运工作让我对"共产党员"这 4 个字认识更加深刻，在这个非常时刻，我们这些党员就应该冲锋在前，担起担子，做出贡献……

李云鹏每次和辜生威说起这些，心里就充满了神圣的使命感。他不敢懈怠，在内蒙古，朋友、家人在等他凯旋；在武汉，还有那么多患者期待的眼神；在荆门，他的院长赵宏斌也在一线"战斗"着。他更不愿意辜负后方那 52 名爱心人士为他们捐赠防护服时对他的期望。

在武汉转运患者的"战场"上，李云鹏表现得无比坚强，娴熟的驾驶技术，沉着冷静的军人素质，赢得了"战友"们的喜爱。患

者的泪水让他想到了责任，想到了他到武汉是代表内蒙古在履行使命。这，更激发了他的勇气和担当。

面对困难，这个男子汉从来没有流过眼泪，但是看到那个火遍了全国的"咆哮"护士长、他的同事张钰梓的眼泪时，李云鹏却心软了，看到儿子给自己画的口罩，瞬间泪奔，不由自主地想到了那句"哪有什么岁月静好，不过是有人在替你负重前行"。这一场疫情，有太多人在负重前行！

"战斗"还在继续，胜利就在前方。透过护目镜上的雾气，李云鹏坚信：这场战争一定会胜利！他驾驶着救护车，和辜生威一道，穿行于武汉市的大街小巷，用"生命方舟"摆渡着一名名患者，用实际行动践行着一名共产党员、一名退伍军人的庄严承诺：国有战，召必来，战必胜！

致敬英雄

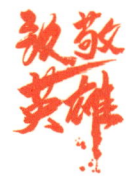

战地记者

记录历史、讲好故事，鼓舞士气、提振信心，这是要求，更是责任。

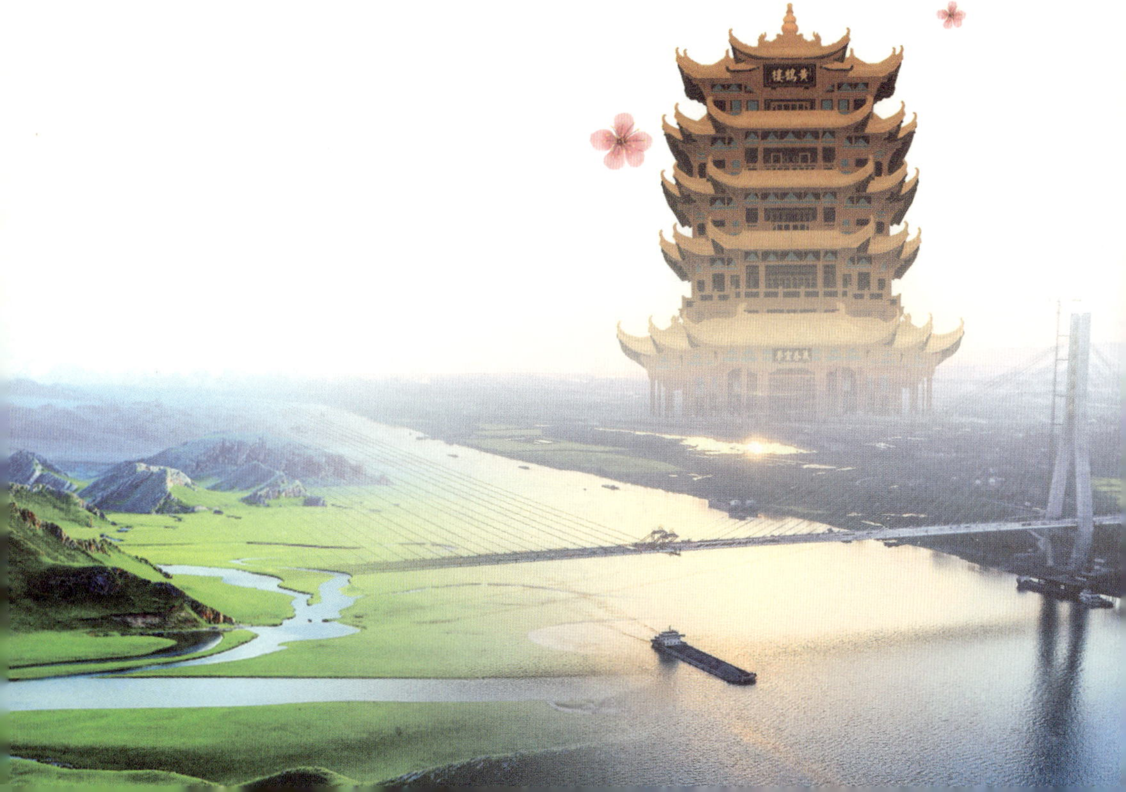

内蒙古援鄂医疗队
邬泽亮（左）、马滨楠

致敬逆行者

关心湖北疫情的人们或许会注意到,2月16日以来,来自内蒙古医疗队一线的消息,源源不断地在内蒙古的主要媒体发布出来。完成这些工作的3名记者当中,有两名电视记者,他们是文字记者邬泽亮和摄像记者马滨楠。

因为湖北一线只有我们3名记者,所以经常在一起讨论选题,沟通采访的一些细节,无形中便成了"铁三角",经常一起出现在一线医务人员面前。我会和他们说我的思路,他们也会和我沟通他们的选题,没过多久,我们就成了互相关照的"战友"。

讲他们的故事,我是最有发言权的。

2月13日,在接到自治区党委宣传部选派记者跟随内蒙古医疗队出征湖北的任务后,内蒙古广播电视台电视新闻中心各采访部门记者踊跃报名,在短短的一个小时内就有24人请缨出征。经过严格挑选,这两位年轻记者入选,随内蒙古医疗队赴湖北省荆门市采访。

马滨楠和是我一起出发的,同时抵达荆门市沙洋县。刚到驻地那几天,一个人既要拍摄,又要写文字稿,还要连线,忙得几乎整夜难眠。更重要的是,刚开始对整体情况缺乏了解,在选题的确定、故事的选择等方面十分受限。我和他说:"电视这份工作,你一个人不好完成。"他告诉我:"邬泽亮会来增援。"

马滨楠是个十分敬业的小伙子,尽管着急,但还是摸索着开展工作。因为我是报社记者,相对来说采访、写稿容易些,但是我也帮不上他什么忙,尽管我也需要拍摄一些视频,但是呈现方式不同,我也只能看着他着急。只是偶尔,我会客串电视记者,帮他做一下诸如拿话筒之类的简易劳动。

2月19日,我和滨楠按照前方指挥部指令,赶到荆门市与指挥部汇合,我们的工作状况才好了起来。这天晚上,马滨楠和邬泽亮终于合兵一处。他也不管邬泽亮乘车奔袭了1000多公里累不累,便一头扎进他的房间,"密谋"到凌晨。

这时候,对于新闻采访来说风险和挑战并存,大家都要面对汹涌的疫情、紧缺的防护物资、当地交通的封锁等各种困难。电视媒体的采访更要艰难一些,要深入现场记录和拍摄故事,更要深度挖掘,让采访对象在镜头前讲述故事。

大概是"密谋"的成果,两名年轻记者组成的一线报道组,制定了一条工作原则,就是把到"一线的一线"作为这次"抗疫"采访报道的宗旨,尽可能地深入内蒙古援鄂各医疗小组进驻的医院、驻地进行采访。

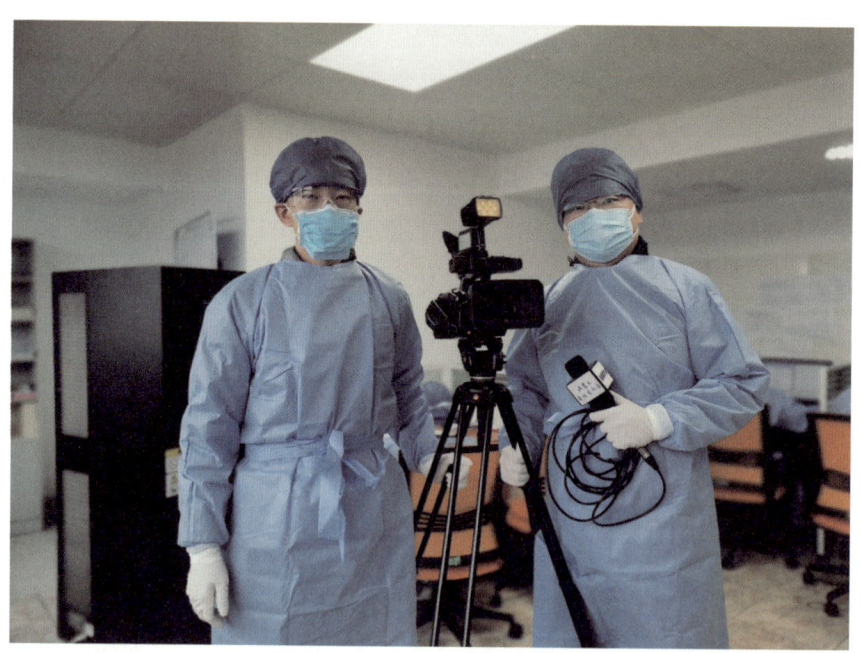

采访之余,留下珍贵镜头。

一个多月的时间里，两位记者走进隔离病层、潜在污染区、医务人员办公室、发热门诊、病人转运通道，与一线医务人员、感控人员、防疫工作人员、出院转运患者和病人家属进行采访和沟通；在当地交通封锁且没有固定采访车辆保障的情况下，与医务人员"风雨同舟"，同乘救护车往返医院与驻地。

在这个过程中，两位年轻的记者有了更多真实的感受，拿到了更多鲜活的素材，也得到了采访对象的尊重和认可，为后期一个个扎实的新闻作品奠定了基础。

对于内蒙古医疗队援鄂的工作，感受最深的就是出院病人，选题确定后，为了采访到第一手新闻，两位记者连续多日在病人集中出院的时间，来到荆门市第一人民医院的患者出院通道守候，每一个出院患者的同期采访背后，都有一段与内蒙古医疗队员之间的感人故事，只有在一线的一线这一切才能得到忠实的记录。

在这次重大疫情中，新闻在一线时刻发生，海量信息纷涌而来，如何发现并深度挖掘更有价值的新闻，也是对记者不小的考验。他们把政治性和新闻性作为每一个选题的操作基础，用职业记者的视角，发现新闻、寻找故事。

医疗队员夏凌是参加过抗击"非典"的老兵，在一次沟通中，他们了解到在她所在的病区有一位患有精神疾病的新冠肺炎患者，隔离病房里，这位患者随时可能会抓破医务人员的防护服、扯掉口罩造成职业暴露，给医护工作带来极大的安全隐患。但是，夏凌在工作中无意发现患者在狂躁时，医务人员只要轻轻抱一抱她，拉拉她的手，情绪就能好转。于是，夏凌在每次发生情况时都不顾危险，走近患者进行温柔安抚。

挖掘到这个故事素材后，通过进一步的了解，又了解到同样是"非典"老兵的护士长刘淑艳，护理病区内肢体残疾导致行动不便的患者的故事，感动于一线医务人员的特殊经历和工作不易的同时，他们利用病区内的纪实素材和深入采访，形成了电视新闻《特殊的护理》，成为国内媒体较早关注疫情期间兼患精神疾病的患者和其他身体残疾患者的护理工作的新闻，这样的特殊护理故事，也让千里之外的观众更深刻地了解到"抗疫"一线内蒙古医疗队员的艰辛与奉献。

当两位记者了解到，内蒙古援助荆门市第一人民医院的一线护士，每天实行四班倒时，随即关注跟拍了凌晨2点的一次交接班，在这次跟拍中，两位记者采取完整纪实的方式，以最小的影响来记录全程，在采访中挖掘了接班护士帮助患者购买生活物资，给荆门当地低血糖的护士姐妹带内蒙古特产牛肉干，交班的护士细致交代每一个病人的指标数据、身体状况、心理状况、生活需求等细节。

他们还根据传播载体的不同，实现了一篇报道多载体发布，新闻报道《凌晨两点的接力棒》，通过电视、广播、新媒体不同方式的传播，让这一次稳稳交过的接力棒，充分反映了内蒙古医务人员与当地医护战友并肩作战、与当地患者守望相助的崇高精神。

在一线采访中，他们关注到90后这个特殊群体，这些挺身而出的年轻一代，成为这次抗疫战斗中的重要力量。如何讲好这个群体的故事，以点带面地反映内蒙古援鄂医疗队中90后青年医务工作者在抗疫一线的精神面貌，成了他们心中的选题。

他们在与医疗队员全面深入沟通后，挖掘到了承担重症患者治疗的荆门市第一人民医院小分队仅有的3名男护士。3名90后小伙随内蒙古第一批援鄂医疗队抵达荆门市，作为队里为数不多的男同志，除了进行医疗救治外，还承担了物资分发入库等体力活。他们的报道以此作为切入点，又进一步讲述了身材瘦小的李续如何帮体重近200斤的病人翻身，蒙古族小伙敖日格乐教当地患者说蒙古语

"加油"为他们打气,年龄最小的王坤如何一步步克服恐惧投身战场,用3名90后男护士的生动故事,来讲述这个群体在抗疫一线的时代担当。同时一线报道组充分运用新技术新应用创新传播方式、表达方式,推进理念、内容、手段等全方位创新,新闻报道《荆门护士"三兄弟"》,通过广播电视、新媒体各平台,推出不同内容和方式的新闻作品,其中电视报道还被央视新闻选用播出,进一步扩大了传播力和影响力。

当然,这两位年轻电视记者的故事还有很多,在荆门市一个多月来,他们结交了很多医护朋友,这些朋友被他们"培养"成了通讯员,医疗队一有"风吹草动",他们就会获取信息,经过他们的报道,引发新一轮关注。

剪辑视频。

我是很喜欢这两位年轻人的,和他们交流起来也没有障碍。在鄂尔多斯市隔离休养的时候,我曾经问过他们"收获"如何。对于我们来讲,所谓的收获,从表面上看,也就是发了多少稿子了。他们告诉我,从抵达荆门市到撤离,他们共采制了电视新闻28条,广播新闻及连线20余条,新媒体产品30多个,为中央级媒体提供大量视频和故事素材。

虽然我不太懂电视新闻,但是我知道这几个数字里蕴含着他们多少艰辛和汗水。我们曾经一起谈论过"风险"的话题,大体的感受差不多，走进医院都感到紧张，有些采访真的是"硬着头皮"往前冲。我们也会互相提醒，一定要注意防护，不能因为我们影响到内蒙古医疗队"零感染"的成绩。这是一件很矛盾的事情。

好在终于完成了使命，我们也放松了心情。

我们都是记录者，从"战场"归来，恐怕未来，也难以抛却这份"战友"情了。

致敬英雄

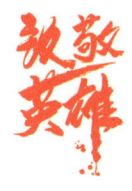

英雄归程

荆门，一座感恩的城市，有一群感恩的人……

内蒙古用最隆重的仪式迎接英雄回家！

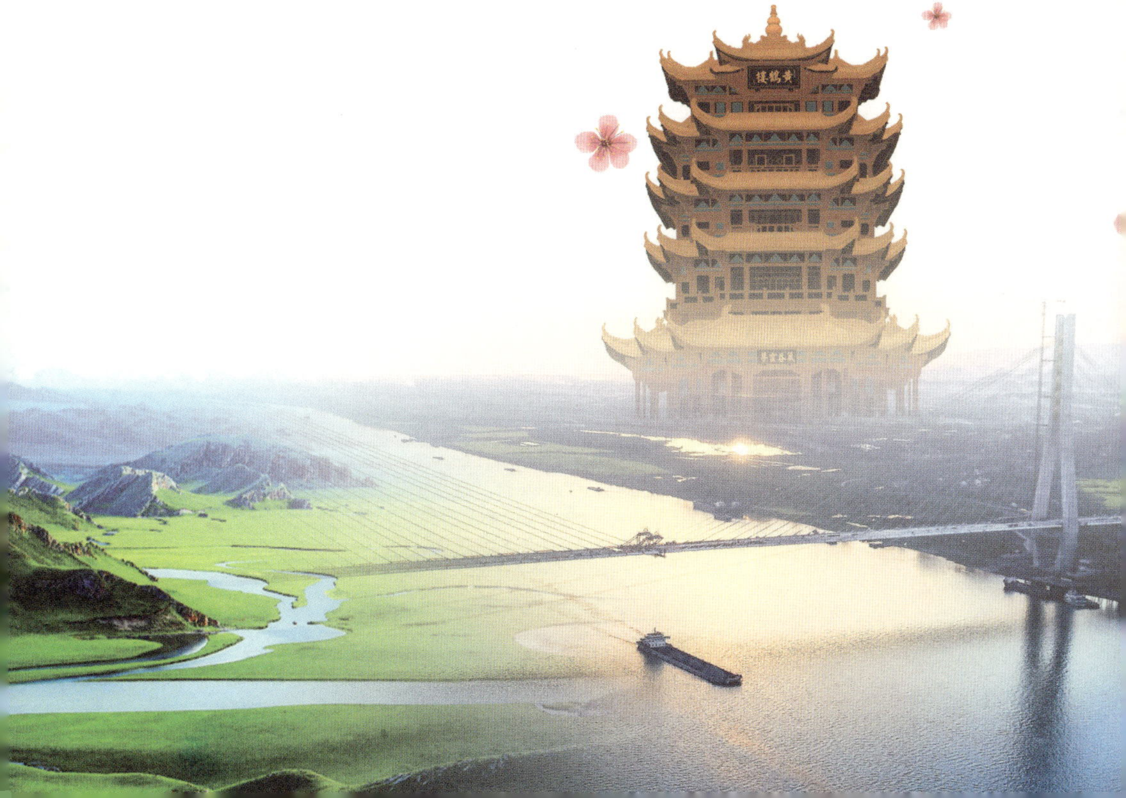

内蒙古援鄂医疗队

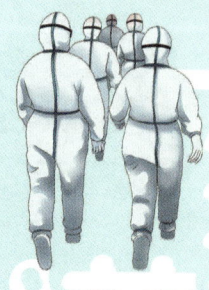

致敬逆行者

3月20日，是内蒙古援鄂医疗队整体撤离的日子。我提前把不便于携带的物品邮寄回家里，身上只背了一个包，一身爽利，准备记录英雄的归程。

送别

一大早，京山、钟祥、沙洋、屈家岭管理区的医疗小组成员，陆续乘车赶到荆门市凯旋国际大酒店门口集合，他们要在这里参加荆门市的送别仪式。

从1月28日到3月20日，内蒙古医疗队在和荆门市医务工作者共同抗击疫情中，共同经历生死，结下了深厚的"战友"之情，临别举行一个仪式，也在情理之中。

支援武汉的内蒙古医疗队撤离了两批，荆门市这一批是其中第二批撤离的医疗队，共141人。到了酒店门口，队员们开始拍照留念。离开了"战场"，脱下了战袍，不再严阵以待，不再焦虑忧心，医务工作者便回归了"活跃"的本真。

不一会儿，荆门市的市民也加入了进来。他们并不知道这些医务人员的名字，但是因为他们帮助过自己，便觉得看哪个都很亲切，看见穿着红色冲锋衣、胸前印着"内蒙古医疗队"几个字的，就过来要求合影。

我和内蒙古电视台的马滨楠、邬泽亮穿插在人群中，拍摄、记录着现场的精彩镜头。我准备把送别现场的画面第一时间传到后方，及时发布出去。

人越聚越多，医疗队员们被压缩在一片红色区域。没有人过来维持秩序，也无须维持秩序。荆门市民挤进了红色区域，有的说着感激的话，有的抱着医疗队员流泪，惹得所有人都红了眼圈。

没有挤进来的市民，在医疗队员外面围成一个圈子，他们站在圈子外面大声喊着："我们爱你们！""荆门人民感谢你们！""你们为荆门人民拼过命"……

注定是一场流泪的告别。

告别仪式开始了，内蒙古医疗队员在指定位置列队，前来送行的市民主动让出一片空场，没有一个人越过他们自己形成的"警戒线"。他们眼里含着泪，安静地倾听着，用手机拍摄着，现场秩序井然。

告别仪式很简短，随着一声撤离号令，队员们列队挥手告别，走向各自乘坐的大巴车。人群在身后缓慢地跟随着，感谢的声音此起彼伏，有一个人喊出一句感谢的话，就会有人呼应，形成发自内心的致谢声浪。

大巴车在人们的告别声中启动了。我和马滨楠、邬泽亮站在大巴车的最前面，拍摄路两旁送行的人群。大巴车行驶了很久，路边仍然有送行的人群，他们在呼喊着感谢的话语，还有人站在路边向车队鞠躬致谢。

车里的医疗队员无不落泪，在座位上向车窗外的人们挥手致意。大巴车行驶了很远了，路边送行的人群还没有断流，无论男女老幼，都赶来为这些帮助过他们的人们送行。这是一座感恩的城市，这是一群感恩的人……

行至高速口，才看不到人群。我们利用荆门到武汉的这段时间，把手机里拍摄的画面传给了后方的制作团队。我告诉他们，要等到我们上了飞机，我不再传送素材，再开始制作新媒体产品。

问答

和我乘坐一辆车的，大多是第四批出发的医疗队员。从呼和浩特出征时，我曾和他们一路同行，因此话便多了起来。出发的时候，他们希望早点进入"战场"治病救人，此刻，荆门市的疫情得到控制，他们已经完成了使命，反而归心似箭。

"刚开始你们不怕吗？"

"怎么会不怕？当时的疫情很严重，随时都有感染病毒的可能。有几个年轻女护士刚进入病房的时候，是很紧张的，有的人甚至连续几夜失眠。但是她们硬是撑过来了。"

"是什么在支撑你们的意志？"

"是责任，治病救人的责任。我们看到患者渴望活下来的眼神，看到他们没有家人陪伴，一个人在病房孤单地煎熬，看到刚刚降生的婴儿存在极大感染的风险……那个时候，就是怕，也要冲上去，那是出于职业本能的一种责任。"

大巴车在平稳地前行。有人带头开始唱歌：日落西山红霞飞，战士打靶把营归……一人开头，大家便一起唱，连当地的大巴车司机也跟着大声地唱着，这群白衣天使，在此刻，像极了打靶归来的战士。

"想家吗？"

"想儿子了，他才5岁，每次和儿子视频，都会泪流满面，还不敢让他看见。你说吧，平时也有出差的时候，那时候真没像现在这样想家，可能是和身在危险当中有关系吧。"

"想到过被感染吗？"

"想到过，做梦都梦到过。那是很可怕的，不是怕自己怎么样

了,是害怕亲人和孩子会承受巨大的痛苦。毕竟一个人对家庭来说,是非常重要的。所以,每次进入病房,都要认真做好防护。医疗队'零感染'的要求,其实是一种关爱。我们现在整建制地撤离了,这才叫平安凯旋!"

"国家和人民称你们为英雄。"

"对我个人来说,我觉得就是换了个工作环境,比在家里要辛苦些,至于'英雄'这个称号,还是受之有愧的。不过,我觉得我的战友都是英雄,明知山有虎,偏向虎山行,而且打败了'老虎',这不是英雄是什么?你们记者也一样,如果我们是英雄,你们一定也是。"

"哪有什么岁月静好,无非是有人在负重前行。怎么看这句话?"

"说得很唯美,也有一定的道理。其实我觉得,我们只是在做一件正确的事情,救死扶伤本来就是我们的天职,不需要太神化了。如果非要这样说,那么这次疫情当中,负重前行的是一个大的群体,也可以说是中国在负重前行。"

"后悔吗?"

"不后悔。报名的时候就没想到后悔。就是牺牲了,也不会后悔。人活着总要做自己该做的事情。总不能让你们这些记者去给病人治病吧?不过,这次荆门之行,一定会留下终生的记忆。此行有两个关键词:救人和感恩。"

北 归

大巴车停在武汉天河国际机场。

医疗队员在引导牌的带领下,进入候机大厅。此时,已经过了饭时。上车的时候,荆门市给每个人的座位下面都放了吃食,有的

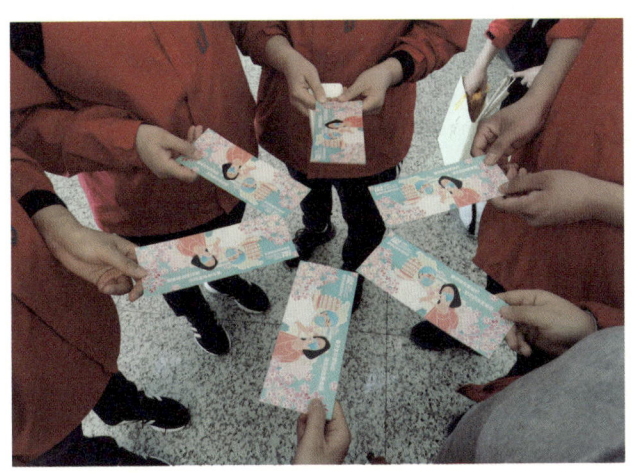

特殊的机票。

人下车时带了下来,正在和队友共享的时候,候机厅旁边的麦当劳里的员工抬着大纸箱出来,挨个给大家送已经打包好的快餐。

一拨人在吃东西,另一拨人却在和机场内执勤的安保人员合影留念。更多的队员则是以医院为单位,亮出队旗,在机场大厅摆出各种姿势,拍下最美瞬间。此时,大家的心里是放松的,回家的喜悦让人们十分兴奋。我则成了专职摄影师,认识我的人纷纷喊"刘老师,为我们的团队拍照"。不认识我的则会客气地说:"师傅,帮个忙。"

下午两点左右,回家的队伍排成两列,向登机口出发。这段路感觉有一公里那么远。我的手机没电了,一到登机口附近,就找到电源充电,因为我要保证手机有足够的电量,拍摄飞机上的场景。

这时,一首草原歌曲《鸿雁》响起,立刻将要回家的草原儿女带回渴望回归草原怀抱的情绪当中。这是机场为送别内蒙古医疗队而准备的歌曲,其中饱含着难以割舍的眷恋。

歌声响起,一位红色身影跳着蒙古族舞蹈的医务人员,出现在人群中,舞姿随着歌声飞扬,时而舒缓,时而刚劲,像是在讲述鸿雁北归的喜悦心情,也像是诉说内蒙古儿女对大草原的依恋与思念。

舞者是内蒙古自治区人民医院呼吸与危重症医学科护士解文涛。

这次援鄂,她被分配到钟祥市同仁医院。在这家医院的患者中,说她的名字,知道的可能不会太多,但是说起"解一针",可是大名鼎鼎了。一名护士穿着笨重的防护服为一名患者输液,扎了3针还没有扎好,患者激动之下,拒绝扎针。解文涛走过去,说:"我尽量一针给你扎好。"果然,她一次扎针成功,便留下了这个名号。

歌罢,舞止,登机。

登机口,空乘人员手捧蓝色的哈达,欢迎内蒙古医疗队员乘机回家。机舱里,弥漫着温馨的回家的氛围,人们心里顿感放松。机长饱含深情的欢迎词,舒缓悠扬的草原音乐,令人顿生到家之感。

出征时,是他们含泪相送。凯旋时,也是他们含泪迎接。感动仍然在继续着。飞机乘务组不但带着迎接亲人回家的真挚感情,还为在那天过生日的队员送上了生日礼物和生日祝福。

飞机飞行的目的地,是鄂尔多斯市,医疗队员们将在那里集中休养。归心似箭路漫长,但终于还是到了。内蒙古用最隆重的仪式迎接英雄回家!飞机滑行过水门,停在停机坪,鄂尔多斯市的天气要冷一些,但是医疗队员们热情高涨。

在前往休养酒店的行程中,我拍了一些视频和图片,但是没有发回报社,而是留作了纪念。因为我知道,到此时,我的使命已经完成,我的同事已经接过了接力棒。

致敬英雄

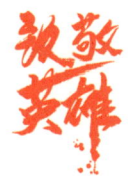

荆门手记

动态记录出征的每一天，把思想镌刻在故事里，所谓“手记”，更是“心记”。

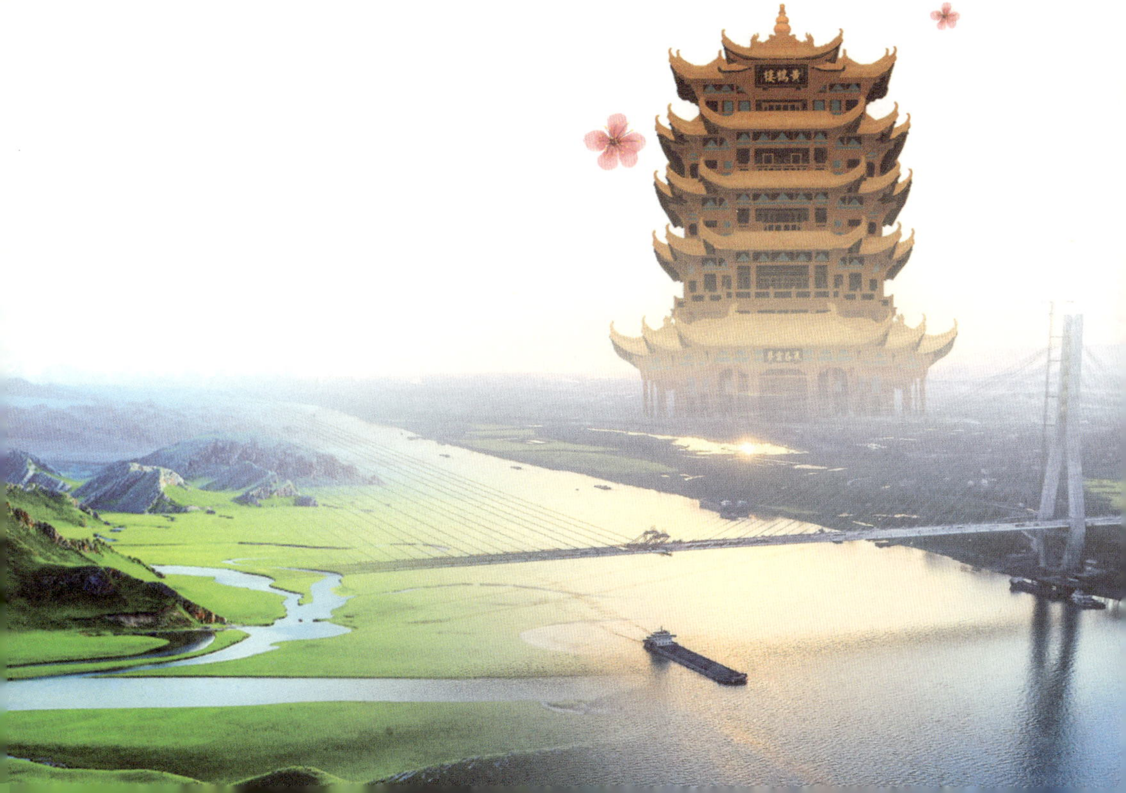

落脚沙洋县

2月16日

一直不太喜欢告别的感觉，所以机场送别的时候，我稍稍"绕了一下路"直接进了机场安检，而后又觉得有点对不住媒体朋友们的期待。因为，我不知道履行一次职务行为，我该和他们说些什么。

这显然是一次逆行。因为武汉的朋友们给我的留言都是："这时候的武汉不欢迎你！一定要保重！"

逆行是需要勇气的，我其实没有那么大的勇气。有个非常要好的朋友哭着说："我们也需要你啊！"但是一个人活着，就会有各种被需要，所以我还是选择了随队出征，这大概就是所谓的勇气吧！

有太多的鼓励，也有一些责怪。所以，在举行隆重的壮行仪式时，我躲在了角落。所谓"英雄"，愧不敢当，因为看到医务人员淡定的表情，便觉得这算不上什么壮举，也无须轰轰烈烈。医务人员才是支援荆门的主角，我支持对他们表达任何形式的尊敬。

飞机上，空乘人员对这个团队表达了十足的敬意，饭菜和点心都可以是双份的，他们还说，希望能够在我们凯旋的时候，仍然是他们接我们回家。其中饱含的祝福不言而喻，不过也有些送君上沙场的悲壮。

我在飞机上拍完一些视频和图片后，睡了一会儿。然后，就到了武汉天河机场。此时，这个机场似乎被按下了暂停键。机场里除了我们，再没有其他旅人。我站在相对较暗的区域装卸物资，向光亮处望去，雪花密集斜舞，这才知道，下雪了。

下一步的行程是赶往沙洋县，大概3.5小时的车程。窗外飘雪，我和电视台记者马滨楠一路对医务人员进行了采访,准备发回后方,因此,并没有感觉时间有多漫长。但是,我知道,我们是在湖北省行驶。路上,几乎没有车辆,也看不到行人。路两侧的乡村风景,被纷纷扬扬的雪花遮挡,模糊了视线,显得特别宁静。

车路过一处服务区,作了短时间停留。去卫生间,需要检测体温,令人高兴的是,服务区的小超市开着,我和滨楠买了4个打火机,准备着万一丢了还能有备用的。

驻地前面的风景很美。

到达沙洋县已经是晚上了,大家在车上已然熟络。所以,记者也成了搬运行李、物资的"力工"。然后是吃饭,开会。饭是四菜,主食是馒头、米饭,还有粥、汤,感觉还不错。吃饭时,我在思考一个问题:戴着口罩该如何进食,没有找到答案。会,是站着开的,第一批到达的同志不厌其烦地交代着各种事项。

会上会后,领队都在反复嘱咐我们两名随行记者,一定要做好防护。他们是经过培训并且是专业人士,我们却缺少这方面的知识。他们给我们送来了84消毒片,告诉我们如何使用,又交代了好多事情,比如电梯按键不要用手按,回到房间要洗手,等等。

我们是小心的,安全防护问题是最重要的事情,如果其中一个人出了问题,整个团队就会被隔离,那么援助工作也就无法开展了。

待一切就绪,已经是晚上10点多了,和报社领导通了话,汇报

了我这里的情况。领导们一再强调安全、安全、安全。我是他们的部下，也是兄弟，他们的担心，我能够理解，也感到心暖。

剩下的时间，就是报道了。刚来，很多事情没有搞清楚，很多信息没有掌握，显然，这是一个相对漫长的过程。好在和医务人员交流得很好，他们也愿意和我们分享他们的故事。努力去做吧，非常时期，非常之地，一切只能按照规则来做，此时，是要服从指挥。

最后，感谢大家的各种支持！我会平安归来！

匿形者 心不藏私

2月17日

已经到沙洋县3天了，却不知道窗外的湖叫什么名字，一是无人可问，二是见到了人，却想不起去问。但是，每次站到窗前，强迫症就会发作，心里总会痒痒地想知道这个湖的名字，就像每天睡前和早起，都会想这几天要采访些什么。

我的采访遇到了一些"困难"。不少医务人员愿意和我分享他们的故事，他们口才也好，讲起故事来或神采飞扬，或感人泣下。但是，当我拿起设备，准备记录的时候，讲述者却把手一挥："不好意思，我不敢露脸。"

他们多是活跃开朗的年轻人，不露脸绝不是因为害怕或者害羞。追问了一句不敢露脸的原因，竟然是怕家里人看到。再一问，他们竟然是偷偷报名参加援鄂医疗队的，家里人都以为他们在单位值班。

听到这个解释，我感觉我的长发在飞……

他们怕我误会，又说：我们给你讲故事，你来写，只要不说我们的名字，不发我们的照片和视频就行。一名女护士说，出发的时候，她的照片被媒体发出来以后，不知道怎么就到了父母那里，解释这件事情，颇费了一番周折。

他们自然也知道"逆行"的危险，知道生命诚可贵，也知道家人的担心。但是，当疫情发生后，他们首先想到的是不能缺席这场战役，只有如此，才无愧于这个职业，对得起自己的良心。

我这样的表述，似乎又有高大上之嫌。实际上不是。现实中，这样的"逆行者"并不少，正是他们，牵引着正能量，一往无前，义无反顾，勇于打拼，敢于牺牲，才使这个时代不断进步，不断发展。

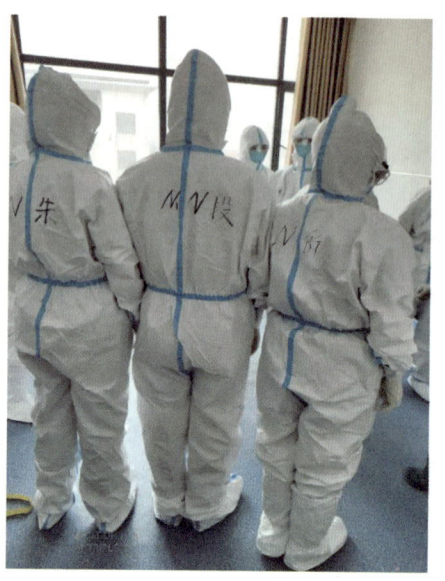

他们"匿形"于防护服内，没人看到他们的真容。

"我们比任何人都知道疫情的危险，但是又比任何人都懂得如何避开危险，所以，这些事情应该是我们来做，这不正常吗？就像消防员，着火了一定是他们冲在前面。"他们还说，尊重自己的职业，就是尊重自己。

他们的观点十分朴素。当医生的就去救死扶伤，做战士的就该冲锋陷阵，做清洁工的就要保证地面片纸不留……如果每个人都做到尽职尽责，不存功利心，那么很多事情也就不再有难题了。

我便由"逆行者"想到了"匿形者"——在队伍中，这些医务人员只是普通的一员，在患者面前，他们穿着封闭的防护服，没有人会看到他们的长相。他们每个个体，就像匿形者，不辞辛苦、履职尽责,默默奉献,用实际行动践行着医者仁心。

"我们就是来干活的,早点把患者治好,早点回家,哪有时间想那么多事情?父母责怪也好,亲人担心也好,只要我们平安回去,什么结也就都解开了。"说这话的是个 90 后小伙子,名字叫陈思。

"哪有时间想那么多事情?"我为这句话点赞!忙碌者无闲心,忠诚者无二心,仁义者无歪心,踏实做事,本分做人,定当无往而不利。

灾难考验人心。现在,我身边这些来自内蒙古的医务人员,经受住了考验,冲了上来,无关名利,只为救人,我们还有什么理由不去尊重他们?

疫情终将过去,春天已经来临,窗外的花蕾必将盛放。而我,也必然会知道这个湖叫什么名字。

这样的时日不会太长

2 月 18 日

今天,沙洋县文体局局长李天亮给我打电话,了解我们的生活工作情况,告诉我有事说话,他来帮助解决。他是我林西县一个朋友的同学,听说我来沙洋,表达了十足的诚意。挂电话之前他告诉我,他看了我写的手记,宾馆前的湖叫平湖。

平湖无波。然而,我今天的心情却被内蒙古医疗队的医务人员带动得有些不平静。下午,人们在微信群里传递着这样一个消息:今天,湖北省京山市有 17 名新冠肺炎患者出院,并且给医疗队写了两封感谢信。

一封感谢信写了满满的一页纸,似乎有说不完的感激,从字迹

上看，能感受出这名患者的激动心情。另一封信虽然短些，但是对内蒙古医疗队的感激之情跃然纸上。

"我不知道你们是谁

只能在这厚重的防护服上

看到你们的签名

和那些鼓励我们的话语

……"

他们自然没有我会写，可是，他们却是真情流露。可以想象，当疾病缠身，心理压力极大的时候，有人雪中送炭，精心救治护理，他们心怀感恩，必定也是至诚至真！

想起一个"小插曲"：2月17日下午，我和马滨楠在平湖边采访两名沙洋县的老大姐，面对镜头，她们含泪对内蒙古医疗队的援助表示了感谢，最后，深深地对着镜头鞠了一躬，连声说："谢谢你们！谢谢你们！"这一幕，饱含真情，令人动容。我当时的真实感受是，再苦再累再危险，就为这一鞠躬，所有的付出都是值得的。

说到情谊，湖北和内蒙古有着深厚的历史文化渊源。至今，呼和浩特市南的昭君墓，仍然"独留青冢向黄昏"，书写着两地历史姻缘的佳话。抛开历史，内蒙古此时此举，也展示了中华民族"一方有难、八方支援"的传统美德。

话说得有点远了。

写这篇文字的时候，内蒙古医疗队里还在谈论患者出院的事情。感染者不再增多、大量患者出院的消息，无疑是全国人民的最大企盼，因为从某种程度上来说，这些数字，预示着疫情的发展方向。

这一次，是京山市患者出院最多的一天，医患群情振奋，对于为之付出过辛劳的内蒙古医疗队员来说，无疑有着极大的成就感。医疗队员刘丽菲说："今天真的很开心，出院的越来越多，新增病例

越来越少,感觉疫情快要结束了,我们就能回家了。"

这些已经奋战了 20 多天的医务人员,眉头舒展开来,脸上的笑容更加灿烂。当内蒙古日报官方微信在 17 点 45 分发布这条消息后,"战疫"前后方闻者无不精神一振,为广大医务人员点赞和鼓励的声音此起彼伏。

20 天的期待太久了,但是对于一线的医务人员来说,仿佛是瞬间,他们太忙了,因为忙碌,几乎忘记了时间。他们心里眼里,关心关注的是患者的康复出院。一个,两个……直到今天的 130 个。

不怕等待,只要前面露出了曙光。再等一等,这样的时日不会太长。

期盼夜行人的身影

2 月 19 日

晚上,我们离开沙洋县来到荆门市,和前方指挥部的同志们汇合。未来的一段时间,我将在这里开展工作。

进入荆门市区,已经是晚上 9 点多。在车里放眼望去,宽阔的大街上冷冷清清,不见人迹。如果不是街道两侧和居民楼里的灯光,你可能会以为这是座空城。

从官方网站了解到,近日来,荆门市的新冠肺炎病例增长保持了个位数,这是令人欣喜的成绩。而居民,则积极响应政府号召,纷纷"宅"在家里,等候最好的消息。

防护,是"战疫"取得最后胜利的关键。内蒙古支援荆门医疗队在全力以赴"进攻"的同时,全体医务人员更是严防死守,努力确保万无一失。

荆门市宁静的夜晚。

医务人员的房间,进门处,放的是外出脱下的鞋,进门两三步,是拖鞋,衣物摆放,都按照进入病房的标准进行了"分界",可谓做到了防护的极致。

他们是专业人员,面对疫情,自然懂得如何保护自己。前方指挥部的领导到医务人员的驻地慰问,一边是鼓励,一边是叮嘱,反复强调医务人员要自我保护。

我不是医务工作者,在荆门市这段时间,也学会了"七步洗手法",知道了什么是"手消(手消毒)",什么叫"感控(感染控制)"。我说这些的意思是,无论是哪个地区,在曙光即将来临的时刻,万不可掉以轻心。治好的会出院,患者会减少,如果在感控上出现漏洞,后果不堪设想。

在防控方面,医务人员已经形成了职业性自觉,当地居民,在一次次提醒和告诫下,也都形成了自我保护意识,这对控制疫情起到了关键作用。

沙洋县医疗组组长刘靖和我讲,他们对防护服的穿脱,严格到每一个细节,细化到每一道程序。从病房出来的时候,队友们会互相监督、提醒,哪怕有一个程序出现差错,都可能导致感染。

正是基于这样的考虑,没有经过专业培训的记者,是无法进入病房采访的。这是出于两种考虑:一个是怕我们带入病菌,感染病人;另一个是怕稍有不慎,我们被感染。我们尊重新闻,更尊重"战时"的规定。

为防止感染,医疗队员将队服挂在房间外面。

看着车窗外的街道和楼群,车里没有一个人说话。包括车里的医学专家在内,就这么无声地看着夜色下的城市。我不知道他们在想什么,我的心里,在暗暗期盼着夜行人的身影。

进入驻地酒店大门的时候,一名防控人员用酒精为每个人进行360度消毒,没有人露出不满的神色,有的人还注意到没有喷到酒精的部位,提醒工作人员:"这里也喷点儿!"

时至今日,在媒体上还会看到居民与防控人员发生争执的报道,对违规者的谴责声此起彼伏。在这里,我还是忍不住要提醒大家一句:要听话!哪怕阻拦你的声音并不悦耳。

春寒中的温暖

2月20日

2月20日，早起的荆门依然安静，街上无人，偶尔出现的车辆，有的拉着蔬菜，有些装载物资，有些是疫情防控公务车，很少见其他车辆。

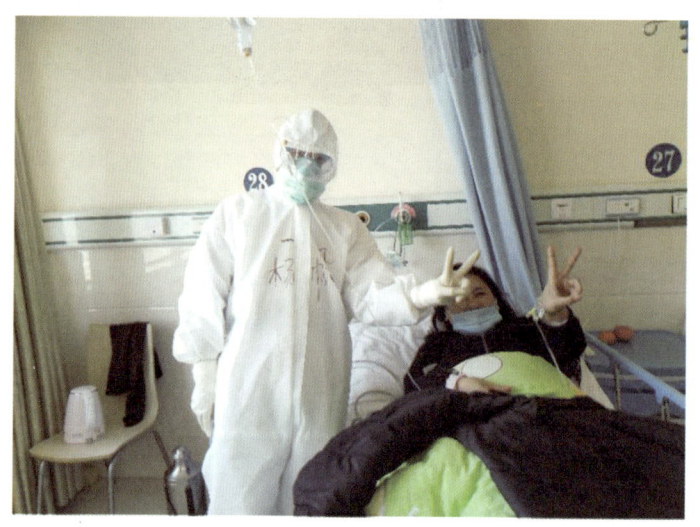

医患之间的互相鼓励和关爱让人心生温暖。

看到了内蒙古的疫情消息，得知按照防控实际情况，内蒙古将城市进行了分级防控管理，并且没有出现新增加病例。我想，这时候即使下雨下雪，草原人民心里都会有春和景明的欢悦。

虽然荆门市的病例也在减少，但是还不敢太过乐观。积极救治，严格防控仍然是这里的关键行动。不过，形势整体在向好，想来，在大草原上刮起的春风，总会吹到这里。

内蒙古支援荆门的医务人员，在一如既往的忙碌中，期待着那一日的春夜喜雨。内蒙古自治区人民医院重症监护室护士长项雪莲，被医疗队分配到了京山市。她告诉我们，今天病区有3例患者从危重区转到普通区，每每看到这些，她的心里就会敞亮几分，她说："就像看到春天来了。"说这句话的时候，她的开心溢于言表，让闻者也跟着高兴起来。

项雪莲在日记里写下这样一段话：希望我们在离开病区的那一天，轻轻地走，挥一挥衣袖，不带走一个病毒……我觉得，离胜利已经不远了……

她的愿望和期盼，也是内蒙古医疗队所有医务人员的愿望和期盼。医者仁心，大爱无疆，在这些医务人员的一言一行中，得到了淋漓尽致的体现。他们，就像一群人久盼着春天，忽然听见春雷的声音一样，总是为一个个惊喜而开心，用一个个惊喜来鼓励自己：再坚持下去，坚持下去。

与疫情的斗争还在持续着，医务人员从环境的陌生到熟悉，从饮食习惯的不适应到逐渐适应，从面对疫情的焦虑到逐渐轻松，从对患者的陌生到熟悉，一路走来，经历了难忘的心路历程，付出了无数的艰辛和努力。

回到驻地，关闭在房间里，一天的疲倦袭来，他们都想美美地

项雪莲说："我们一定会赢！"

睡上一觉，可是没有人能够安然入睡，于是，便有了各家媒体刊发的各类"日记"："我们大脑里总是闪现那些患者信任的眼神儿、感激的话语……夜里，更是想家的时候，父母、孩子、恋人，在大脑里过了一遍又一遍。"

因为无法进入病房，我们的一些素材来自医疗队员。内蒙古一机医院杨帆在日记里写道：2月20日，荆门的天气忽冷忽热。中午12点30分下班，回到驻地宾馆已经是下午1点钟，从进入房间的那一刻起，清洁鼻孔、耳朵、眼睛等隐匿部位，完成半个小时以上的消毒，一天的"护理"工作才算正式告一段落。今天监护室中有位大爷精神状态很不错，吃饭的时候，他还问我："姑娘，你吃饭了吗……你们从内蒙古那么远过来，谢谢你们……"这几天，患者给了我们太多的感动，心里暖暖的……

与这些"暖心"相比较，荆门的春天有些冷，没有暖气的房间也冷，北方来的人，多少有些不适应。但是没有人会打开驻地房间的中央空调。同行的医学专家们，时不时会提起"非典"时期发生的那次空调传染事件。

春天终会到来，当春暖花开的时候，房间里便不会再冷了。于是，对于春天的期盼，成了所有中国人的共同期盼。我们，已经感到迫切了。

家乡的味道

2月21日

今天，内蒙古又有173名勇士抵达武汉。至今，内蒙古已经派出8批支援武汉的医疗队，总人数达到800余人。

荆门手记

兵马未动粮草先行，这是古代战争的基本策略。这支部队需要的物资，必然会成为刚需。

内蒙古启动较早。1月15日，亿利集团捐助1亿片复方甘草片；1月25日，蒙牛集团捐助价值2000万元的钱物；1月26日，30吨马铃薯从乌兰察布市发出……物资陆续抵达武汉，为解决燃眉之急发挥了重要作用。

我随第四批医疗队到达沙洋县，当时，和医疗队员吃住在一起，后来因工作需要调整到荆门市。在沙洋县，我们的伙食还算不错，主食是米饭、馒头，菜通常有3个，还有汤，牛奶、水果也得到了供应，医疗队员的饮食保障，可以说令人满意。

最艰难的是第一批抵荆的医疗队。据钟祥市医疗小组的王彦讲，刚来的时候，由于物资紧缺，大家都把各家医院带来的物资交公，统筹分配使用。她回忆说，当时物资缺乏，气候阴冷，缺衣少粮，语言不通，医疗队的人员情绪也陷入低谷。

但是，这种状况很快得到了缓解，来自内蒙古和钟祥市的物资供应，不到一个星期就配送到位了。到目前，急缺物资已经得到了有力保障。

最初的紧张情况，也无法求全责备，疫情暴发突然，很多事情都令人措手不及，出现暂时困

王彦说："这些物资，让我们更有底气。"

175

难在所难免。医务人员说:"能够快速解决问题,已经反映出内蒙古和荆门市两地的应急响应能力和速度,说实话,这是我们的底气。"

考虑到新闻报道的需要,内蒙古对口支援湖北省荆门市疫情防控工作前方指挥部的同志在慰问一线医务工作人员的时候,带上了我们。在钟祥、京山等地,我们了解到,医务人员对饮食以及物资供应都很满意。没有了后顾之忧,人们的精神状态更加饱满,工作热情也空前高涨。

内蒙古很是"心疼"这些请缨赶赴一线的英雄们,一出现困难,立即会想方设法解决,从衣食住行到医疗设备,都保证了及时供给。

2月20日,从内蒙古调运过来的羊肉配送到各个医疗队,医疗队的厨房里飘出了羊肉的香味。京山市的医疗队员项雪莲,带我们去厨房,在一锅羊肉前激动地说:"草原羊肉,这是家乡的味道。"

内蒙古的羊肉送到了驻地,他们等到了"家乡的味道"。

内蒙古味道在荆门市飘香，锡林郭勒的羊肉，蒙牛、伊利的乳品，乌兰察布市的土豆……这些来自家乡的关怀，令医疗队员十分感动，他们都说，有后盾，心不慌，"战斗"起来更有力量。

挺过了艰难时刻，物资供应越来越充足，疫情发展正在出现转机，好消息不断传来，荆门一线的"战士们"士气大振，纷纷树立了"宜将剩勇追穷寇"的信心和决心。

他们和我们说，多讲讲我们的故事，也好让家里人放心，让家乡人放心！

我们自然义不容辞！

追问之下

2月23日

来到荆门市已经一个星期了，认识了好多人，听他们讲了好多故事，视野在逐渐开阔，写出来的稿子，也逐渐满意起来。

我把医疗队员按照职责进行了分类，计划着好好写写这些白衣天使。当然，也会写一些深度的东西，这还需要继续积累。

每天，都要通过微信采访几名医务人员，有的聊的时间长一点，有的时间短一点。他们也会把自己的日记分享给我，让我知道他们做了什么，在想什么。这样的交流方式，比面对

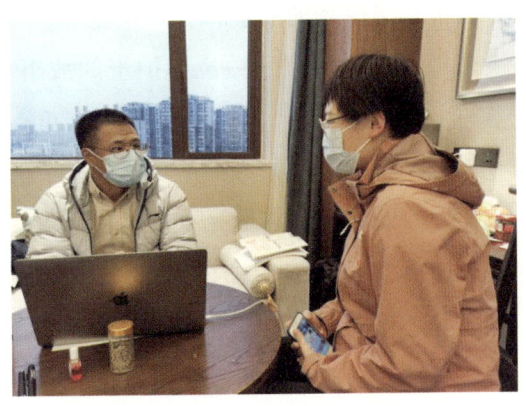

很多采访需要对细节进行追问。

面采访似乎更能看到被采访人物的心理。很多他们一笔带过的有意义的故事，经过追问，都能被还原出来，这让我的稿子写起来更加充实一些。

我的情绪，也常常被那些看似平常的故事影响着。写内蒙古医疗队方舱医院领队闫蕾的故事，先是从一堆日记中开始的，然后是数次电话沟通，成稿后，又让她自己再看一遍。这位同志实在，看了好几遍，对我不专业的表述进行了一一修订。稿子先是发在《内蒙古日报》的新媒体，然后落在报纸上。《湖北日报》新媒体、新华网等媒体也转发了闫蕾的故事。

闫蕾的故事重心在于，一名80后女同志如何带领101名医疗队员，在"著名"的方舱医院抗击疫情。我觉得我在叙事的时候，更加注重医疗队员的自我保护，也就是"零感染"。还有许多没有讲的故事，比如第一次送50名队员"进舱"时，她因情绪失控而号啕痛哭，比如因为操心队友的事情彻夜难眠……

夏凌的故事，是内蒙古医疗队的李莉告诉我的。我看了她的材料，没有找夏凌本人，而是在和李莉聊，我相信第三人的评价，会更容易还原真实。这篇关于夏凌的稿子里，有3个故事，一个是她和一位中年男患者的故事，一个是她和一位19岁小伙子的故事，另外一个是她和荆门市的一位小护士的故事。文中，我除了强调她曾经参与17年前抗击"非典"的故事，重点将3个故事进行了还原，写完再看，感觉还不错。

在疫情防控依旧不敢丝毫放松的武汉、荆门地区，有些"追问"过于触动心灵，每一次追问，都会令我百感交集，甚至泪流满面。医务人员心里在害怕什么，思考什么，期盼什么，他们会因为哪些人哪些事情受到鼓励感到温暖，问得深了，我的心情也会被代入。那些故事，确实影响到我的情绪，有时候会产生很大波动，一群白衣战士战斗的场景,便在脑海里不断浮现。

我是一名记者,距离危险尚有些距离。但是,医疗队的同志们给我发来的视频或者图片,让我仿佛置身于病房,和他们在一起。我的胆子没有那么大,但是这个时候,我担心的绝不是自己,我在担心那些和病毒零距离接触的逆行者们。

今天,武汉一名29岁女护士去世了,我只看了标题。我能想象得到她为什么这么早就走了。我离开电脑,望着窗外空无一人的大街,心情无比沉重。用牺牲换取活着,这是最伟大的付出。因此,无论和医务人员采取哪种方式的交流,我都会无比客气,这不是装样子,是真实情感。

减法与加法

2月25日

今天看到的荆门疫情数据是:累计确诊920例,除去死亡37例和治愈432例,现有确诊451例,仅昨日,便治愈43例。确诊病例减半,治愈患者越来越多。

荆门在做减法,而内蒙古医务人员的士气在做加法。昨晚,驻荆门前方指挥部用微信视频的方式,召开了一个包括驻武汉医疗队在内的会议,各个医疗队队长汇报了治疗情况、物

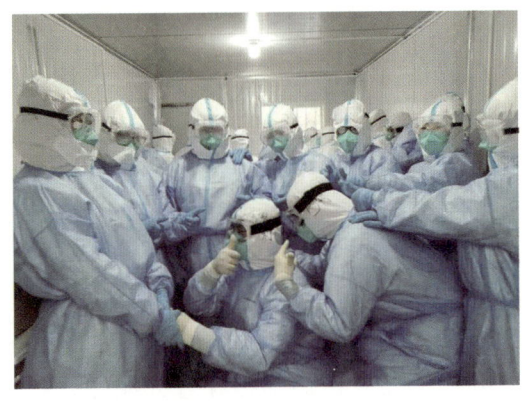

今天的努力是为了明天的成功。

资供应和队员精神状态等情况。大体上可以概述为：武汉、荆门病例持续减少，我区医务人员"零感染"，个别医疗物资仍显不足，医疗队员精神状态良好。

我明白这次会议的重要性。经过初期的紧张，之后的病例陡增，医疗队员的神经始终紧绷着，特别是第一批人员，连续鏖战近一个月，无论体力、精力，都已经到了临界点，很容易在向好的疫情形势下，放松警惕，导致防护上的疏忽。在这个关键节点，需要必要的鼓励和提醒。

我在准备写一篇分量重些的稿子，打算全面反映内蒙古医疗队支援荆门所付出的努力。素材仍然在收集着，和医务人员的通话成了每天的主要工作。我要了解全局情况，因此，我认真地听会，认真地交流，收获不小，之前的思路也在不断调整。

我约的是故事，想用一个个小故事，用细节来表现一线战士的拼搏、坚忍、吃苦耐劳等精神。写疫情一线的内蒙古故事，我是满怀情感的，我打心里敬佩这些白衣天使，因为他们面对的危险，人们无法想象。

虽然危险，只要防护到位，就不会出问题。因此，我便想到很多地方"解禁"之后，人们蜂拥而出，大口呼吸新鲜空气的场面。自由带来的舒畅快意，其实还有危险性。我在一线，深知厉害，还是要小心为好。

正在写这些文字的时候，有人敲门，是个小伙子，自我介绍说是荆门市政府接待办王晨一，他来表达歉意，因为昨晚给我送饭晚了一些。我们互相加了微信，他仍是在道歉。其实，我这里的物资是不缺的，吃的、用的、消毒的、防护的都不缺，只是送饭晚一点，我并没有介意，他们却很在意，他说你们是来帮助我们的，我们在服务工作上不能马虎。这令我有些不好意思，也很感动。

我来荆门,不会是为了吃什么。倘若如此,不如留在呼和浩特,自己做的饭,会更加可口。

1 米的真情距离
2 月 28 日

晚上,前方指挥部的例会开得很高效,在各个医疗队的报平安中,很快就结束了。所报告的内容是,病人出院增多,队员健康,物资供应正常。在湖北省,再没有比这更动听的声音、更令人精神振奋的消息了。

就连下午在荆门市举行的医疗物资和生活物资捐赠仪式,也简单快捷,一套程序下来,只用了 8 分钟左右。但是这批物资的筹措,却是十分不易。荆门日报社的记者和我说:"真的感谢你们,我知道你们筹备这些物资已经尽力了。"

用时 8 分钟左右的物资捐赠仪式。

几大卡车的物资,交接仪式只用了几分钟,并不是荆门市的书记、市长不感激。而是有些感激,会浸润在未来的时光里,沉淀成

深厚的友谊。短短的几分钟，也许会成为永远。

如果高效，短些无妨。我曾经是个开会专业户，最多的时候，一年参加500个会，所以，参加这样有质量的会议，多少还是有些"不适应"。事实是，这样的短会同样解决了问题。因为，会议上每个人说的都是关键词，大家一听就懂，不用去除杂质、分析核心要义，自然能迅速想出解决问题的办法。

这些天，我们也做了好多方案，制定了很多制度，都是强调纪律、管理、防护等内容，具有极强的实用性。比如医务人员防护制度，把医务人员出入病区的规范操作落到纸上，只要遵照执行，基本上不会出现感染的情况。

不说废话，不说闲话，切中主题，以问题为导向，有事说事，无事报平安。非常时期，非常举措，取得了非常的效果。我不是反对长会，性质不同，目的不同，采取的方式自然会有差异。只是觉得，这样的会，挺好。我怕会议占用时间的另一个原因，是我有稿件任务，有的稿子要写很长，需要静下心来，认真琢磨，也需要很长时间。

从2月15日到今天，平均下来，每天都有稿件，报纸上有，新媒体也有。新媒体产品突出了短、新，素材大多是一线医务人员拍摄的，他们不专业，但是也不做作，有啥拍啥，保证了真实，发在抖音上，点击量还是很可观的。

出行的时候，从宣传部部长到社领导都表示，不给我定任务，我自己看情况处理。我也真就看情况处理了。刚来的时候，自由了一段时间，那种自由有些盲目，看什么内容都觉得新鲜。后来被"收编"到前方指挥部，看上去似乎不那么自由了，实际上视野却越来越宽，掌握了全局，才会知道需要哪些细节，这对布局重头稿子很有帮助。

已经过了报道"点"的阶段，是时候该拿出反映抗击疫情全面"战况"的综合性报道了。我知道，这样的大部头，写稿子的是我，署名也是我，但是策划、提供内容、审核等，集纳了更多人的智慧和力量。所以说，作为写字的人，千万不要觉得自己写得最好，真的没有最好。如果有一天，我写的稿子获得了成功，我要感谢帮助我的这些人。

离开呼和浩特的时间不长不短，荆门的艰辛不会持续太长了，回头想想从春节到现在的经历，不过是瞬间而已。有没有风险？有。是不是感到恐惧？是。敢不敢吹牛？不敢。特殊时期，敢于否定自己，搞明白长短轻重，才知道自己究竟该做什么，能做什么。

就像感控专家告诉我们的，保持 1 米距离，你会相对安全。这就是对于"度"的把握：1 米以内是我的，1 米以外是公共的。用好自己的 1 米空间，合理使用 1 米以外的场地，这是在规矩内外的一种逻辑。写到这里，我想着，医务人员和病毒是在 1 米以内博弈，崇敬之情再次油然而生。

有一种感觉叫暖心

3 月 6 日

忍不住到对面的超市去转了一圈儿。进门的时候，被拦住了。我说是内蒙古医疗队的，才被获准进入。不过获准的过程也有点小周折，我听不懂方言，到最后也没听懂，就往里走，没人阻拦，应该是同意的。

超市里的卖场很大，货物并不全，有的货架上空空如也。顾客就我一个，找不到逛超市的感觉。想买咖啡，晚上写东西能提提神儿。找了一圈儿,没找到,问售货员,说没有了。这句话我能听懂,原来,他们会说普通话。

荆门人对内蒙古医疗队很热情。感激、感恩、感谢的话说了无数次,说话的主体,有政府相关部门和官员,具有官方的色彩;有的是患者,口头在说,也会写下长长的、字迹工整的感谢信;有的是市民,他们都知道内蒙古医疗队驻扎在他们的地方,是从当地新媒体上看到的。居家防疫,新媒体是他们"看向外面"的主要渠道。

有一种感觉叫暖心。

赤峰市医院的赵文玲医生打来电话告诉我:"今天京山市政府安排了摄影师为他们拍照留念,队员们对着镜头,露出了发自内心的笑容。"她是一个文字功底不错的医生,和我联系较多。

笑,其实不难,并且有多种方式。但是,对身处病毒包围,时刻面对危险的人们来说,真心一笑,确实很不容易。

赵文玲说:"能让战友们开心的重要原因,还是患者数量的减少。一个多月了,京山同仁医院医疗团队,眼看着7个病区压缩到3个病区,住院患者从200多人减少到70多人,由衷地高兴。"笑容,是为治愈患者而发出的,这是医者的追求,也是为疫情减轻而发出,这意味着,希望就在眼前,归期也不会遥远。

暖心的画面在荆门市经常出现。内蒙古自治区第四医院的王晖说:"今天在车上和同事们聊起西红柿炒鸡蛋,结果一回到驻地,就吃到了。"医务人员经常会感动于荆门市对他们细致入微的关照,觉得帮助知道感恩的人,付出一些也值得。

在我的驻地,刚来的时候,使用塑料餐盒送餐,楼里冷,而大家就餐的时间不统一,有时候饭菜到我们手里会变凉。吃了几天冷饭后,餐具忽然变成了保温餐盒,我们无论什么时间吃饭,饭菜都是热的。

荆门手记

来自四面八方的关心关爱，不断地在感动着我们，水果、牛奶、面包，甚至保暖服装等，在缺少什么的时候，不需要提出来，那些东西就会提供过来。我知道是有心人在操着这份心，但是，我也不知道他们到底是谁。

人都需要精神动力。白衣战士直面病毒，难免会有心理压力，这时候的关心关爱，无疑是鼓励，也是动力。我看到国家和自治区出台的具有倾向性的政策，这些政策，在湖北一线的医务工作者中反响特别强烈。大家都很激动，很多内容是他们没有想到的，比如火线入党，比如使用医务人员家属就医的绿色通道，等等。

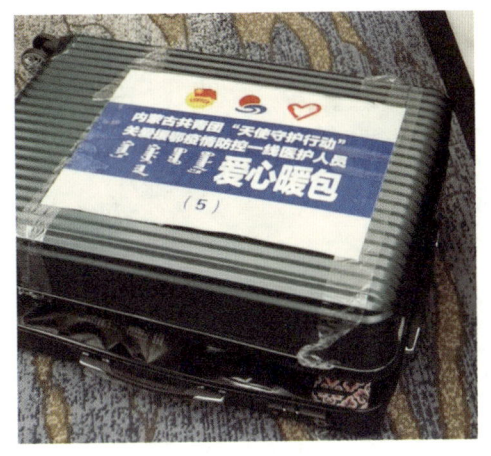

内蒙古共青团的爱心暖包来了。

这都不过分。

这是一场战争，一场不见硝烟，却见生死的战争。将士"冲锋陷阵"，立了战功，总该受到尊重，总要有些奖励。

战地歌声

3月12日

在文字里浸泡久了，头晕脑涨，于是下楼"放风"。远远地看见几名轮休的护士，哼着歌从对面走来，打了声招呼，便各自两便了。

她们大概会认识我，我却不认识她们，只知道名字。她们有些人可能是我的微友,给我发的照片,都是穿着防护服的,我不知道她们的"本来面目"。看到她们还算轻松的样子,我心里也有些放松。

我见到过她们唱歌的短视频,大概有十几秒钟的样子,唱得很好听。来到荆门市快1个月了,加了有100余名援鄂医务人员的微信,他们有什么信息和故事,都会发给我,成为我写稿的素材。

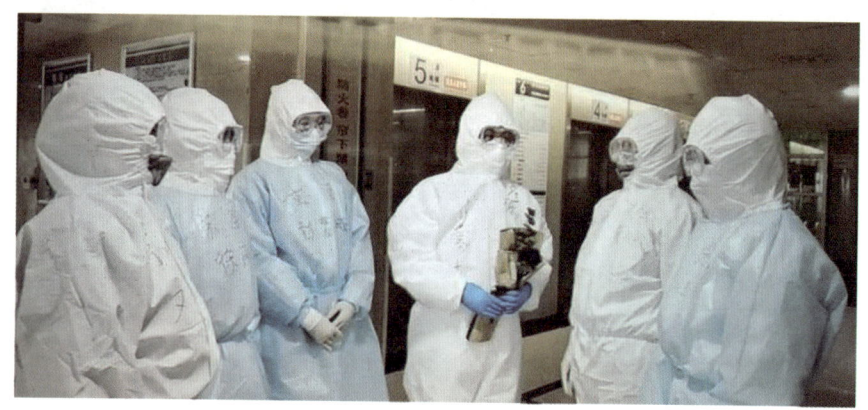

"三八"节这天交接班时,谢小会为"战友"唱了一首《你的眼神》。

3月8日早晨,京山仁和医院的交接班时间,赤峰学院附属医院的护士谢小会,给湖北的护士姐妹们唱了一首《你的眼神》,以此来表达节日的祝福。

在新冠肺炎救治医院,内蒙古的医务人员和湖北省的医务人员之间的交流,要靠语言和护目镜后面的眼神,他们彼此能够看到的,除了防护服上的名字外,也只能是眼睛了。

而歌声,在这个时候成了表达"战友"情感的载体之一,胜过万语千言。在"抗疫"一线,无论是武汉还是荆门,无论在上班的车上,还是医院的病房、驻地的宿舍,经常会响起动人的歌声。

内蒙古自治区人民医院的医务人员甚至采用"话疗"的方式,

来进行心理治疗，舒缓病人的紧张情绪。其中，草原歌曲便发挥了重要的作用。

歌曲能治病吗？不能。毕竟歌曲不是药物，和治疗本身没有关联。但是，在病房里，患者面对新冠肺炎病毒，心理上十分恐惧，总有"生死未卜"的紧张情绪，并且更多的时候是向更坏的方向考虑病情，更有一些患者自暴自弃，放弃了治疗，一心赴死。这时候，心理安抚便成了治疗的"前奏"。

当患者被歌声吸引，开始喜欢一首歌，注意力就会从沮丧、恐惧的情绪中解放出来，医务人员"乘虚而入"，便能够打开患者心结，带动患者进入正式的治疗程序。因此，在实践中，医务人员常常会因势利导，将心理疗法引入医疗实践。

湖北的患者听不懂蒙古语，但是他们喜欢蒙古族歌曲。当他们在病痛折磨的烦躁中抬起双眼，看着护目镜后面关心的眼神，看到防护服上用蒙古文和汉字书写的名字，听着悠扬舒缓的旋律，很多人会暂时忘记自己的病情。

于是，便有了患者治愈出院时，向内蒙古医务人员深深鞠躬的场景，便有了"战疫"胜利时"我和草原有个约定""陪你一起看草原"……

湖北省被视为"抗疫战场"，医务人员的出行，被看作"出征"。"战场"上不见硝烟，却有生死相搏，来势汹汹的新冠肺炎病毒，导致数以千计的医务人员感染，这已经能够证明"战斗"的残酷性。

用白衣做战袍，投身战场，舍生忘死，可谓悲壮。"战地"歌声在紧张的搏杀中响起，为这悲壮增添了必胜的决心和勇气。白衣战士勇敢向前，前方病毒肆虐、无影无形，他们心中不是没有恐惧，而是选择了逆行冲杀。

歌声唱给病人,是医疗救治的需要;歌声唱给自己,是激励自己的需要;歌声唱给"战友",是凝聚力量的需要……此时,歌声已经成为"心理战"的重要武器。

历来的战场上,从来不会缺少歌声。

二战时,在德军的围困下,彼得格勒音乐厅一直没有停止过演出。音乐家肖斯塔科维奇一手拿着枪,一手拿着笔,在德军炮火连天的轰炸下写下了著名的《第七交响曲》。

由光未然作词、冼星海作曲的《黄河大合唱》,在中国人民抗击日本侵略者的战争中,起到了极大的鼓舞作用,至今仍广为传唱……

如今,"战地"歌声在荆楚大地唱响,鼓舞着士气,振奋着精神,在白衣"战士"疲惫不堪的时候响起,在他们思念家乡的时候响起,在他们安抚病人的时候响起……这些歌声,在不同的场景下,发挥着不同的作用。

距离疫情结束的时间不会太久了。凯歌奏响时,我们平安回家!

青春的力量

3月14日

疫情形势越来越明朗,荆门市的天空也晴朗了起来,春色终于真实地铺满了眼帘。

跟随运送物资的车辆,从荆门市出发,前往钟祥市、京山市、沙洋县和屈家岭管理区的内蒙古援鄂医务人员驻地,帮着装卸了几件物资,最重要的是采访医疗队里的90后。

一共采访了5个年轻人,让他们谈谈在医疗队工作的感想,说着说着，就说到 90 后的担当问题上。这几个年轻人都觉得，现在网络上对他们的评价不公平，为了证明他们不是"啃老一代""坑爹一代"，他们在国家有难的紧要关头，冲上了一线，和 60、70、80 后共同战斗，

荆门春来，玉兰花开。

一样冲锋陷阵，一样舍生忘死，一样无私奉献，用实际行动证明了他们的担当和实力。

每个时代有每个时代的活法，90 后的优势在于，他们生活在网络时代，是国家发展较好的时期，是生活在"蜜罐"里的一代，但是他们见识广博，前人的经验已经成为他们的实践。好时代为他们赋能，一旦融入社会，走进生活，弯路会少很多。道路是正确的，谁又能说他们不会创造出更多的奇迹，书写出更多的传奇？

再说，没有人说一个人的成功非要去经历苦难吧？

战斗在湖北省抗疫一线的 90 后，从选择"从军"开始就亮明了态度，他们是敢闯敢冲的一代人。在"战场"上的表现，更加说明了他们是敢于担当，也担当得起来的年轻人。脱下防护服，他们身上的衣服能拧出水来；患者面前，叔叔大爷阿姨地叫着，为患者提供着最真诚的服务；回到驻地，他们又是最活跃的群体……

这些 90 后，至少我眼里见到的 90 后，真的没有差下什么。

可能他们的医术没有那么精湛，但是他们有真心的付出；他们没有那么多人生的经验，但是他们拥有真诚。他们正在长大，而前几代人正在慢慢变老，长江后浪推前浪，我们真的不应该带着经验

主义的眼光去评价他们，那样不公平。

青春的面孔，敏捷的思维，超常的学习适应能力，这些都注定了他们必将扛起时代的旗帜，一路奔跑，迎风飞扬。就像荆门市正在绽放的花朵，美丽了这个春天，活跃着这一片沃野。

坐在车里，看着沿路的春色，想着疫情开始的时候，人们对春天的期盼，想着90后的踌躇满志、奋力拼杀，一颗心却是安定了下来。满园春色终究是关不住的，现在，春天真的来了。

撒离前夜

3月19日

内蒙古援鄂医疗队撤退的时间定在3月20日下午。

我准备记录医疗队撤退的全过程。因此，将行李箱等物品都快递回呼和浩特了，身上只带了一个背包。我们隔离的城市是鄂尔多斯市，毕竟回到了自己家乡，14天时间，应该是足不出户，有一套衣服就足够了。

出发的时候，背了一个背包，带了一个拉杆箱，影响到我的行动，好多精彩镜头都没有拍上，再加上心神也不太安定，开始的工作并不理想。返程的时候，可以叫凯旋，没有一个人掉队，实现了"零感染"，思想上也没有了包袱，所以想好好记录一下。

给同事王智华打了电话，我拍摄的内容，将会及时传到他的手里，由他来完成后期制作。我很信任我的团队，在一些产品的制作上，不需要特别的交代，只是打个招呼，最终呈现出来的产品，至少我会很满意。

在荆门工作至今，已经有34天，脱离了团队，孤军作战，有时候会感到力不从心,因此,虽然在量上做到了每天一篇稿子(或新媒体产品),但是在质量上,并没有得意之作,感到有些遗憾。不过,尽力了,也不惭愧。

后方的领导们体谅我的特殊情况,一个多月时间里,只给我布置了一次任务,这让我心里没有来自后方的压力,能够根据湖北一线的实际情况,自由发挥,自主选择报道方向,在这里,我对他们对我的信任表示由衷的感谢。

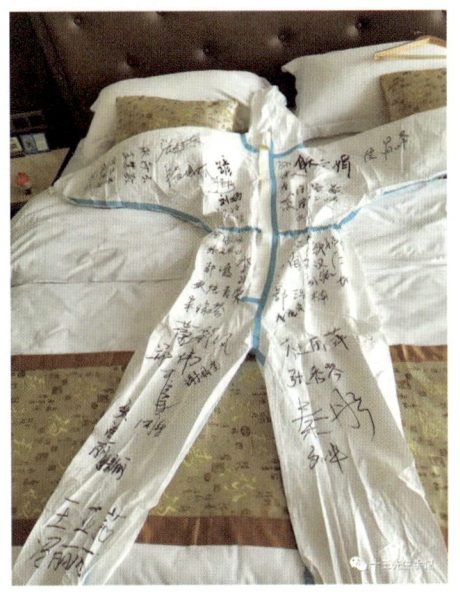

撤离前,医务人员在防护服上签名留念。

我偶尔有过应付差事的时候,但是面对这个差事,我自然不敢、也不会去应付。请战的那么多,信任你让你来,你却懈怠了,这就对不住自己的职业操守。说起职业操守,并不是说自己有多么"敬业",但是总体来看,还是对得起这份工作的。

信任和责任会让人变成工作狂,没有信任,会缺少动力,也没有机会。没有责任,更无法获得信任。这是一个辩证的论题。不过说实在的,写到这里,确实是写不动了,身心俱疲,可是想到"战疫"马上结束,怎么也要收个尾,才能圆满了这次出征。

不仅是我在撤退前夜不能安眠,一线的内蒙古医务人员也在各种"折腾":荆门市小组在一件防护服上集体签名,然后是各种拍照;沙洋县的"白衣天使"们和当地的医务人员列队告别,上演着"送战友"的感人场面……所有的医务人员还共同做了一件事情,就

是把各自的房间打扫得干干净净……

前方指挥部每天一次的例会还在坚持，今晚是最后一次了，还在强调纪律，还在强调安全，还在强调管理。是的，在湖北省，任何时候都不能大意，特别是此时，最容易麻痹，把纪律挺在前面，怎么要求都不过分。

明天的行程会很满，我需要认真思考一下能做些什么，所以，只好停下，等回去，有了时间，好好写点故事，算是记录一个百年一遇的特殊历史时期吧。

英雄榜

内蒙古医疗队
人　数：849人
驰　援：武汉、荆门

前方指挥部成员

高润喜	黄汀碑	张立新	赵宏斌	庄万如
张恩铭	刘　春	马滨楠	邬泽亮	李志聪

第一批

李　杰	张　强	段培林	于海霞	宫　梅
图　雅	杨　飞	石　辉	董海涛	李　斌
所　鸿	朱淑芬	马　亮	秦　丰	池礼捷
项雪莲	侯嵋峰	杜丽萍	李爱华	张秀琴
邹彩珍	王玲玲	赵　丹	李淑芳	马云飞
杨　洁	张丽娜	苗建彬	郑永强	瞿祖立
张　波	张建新	田　坤	关智芳	李慧敏
张郁微	杨晓斌	赵凡青	李进鑫	黄雅云
陈海叶	郝艳芳	崔瑞清	李　续	敖日格乐
娜　仁	王桂兰	李艳楠	王　坤	谢晶莹
王瑞霞	张海云	李利荣	李宝荣	周　乐
航海尔汉	郝玉霞	张　丽	张培青	张亚男
杨　帆	赵　璇	王　敏	王晓霞	张一笛

郑冬梅	刘丽菲	昂格丽玛	郭亚萍	张雪龙
马　静	张　华	郭俊青	段　娟	李带娣
梁改莲	拾兆丰	刘　静	张　敏	曹晶星
赵文玲	李秀艳	王慧敏	白卫平	孙　岩
丁家新	董彩凤	刘小丰	曹影丽	张海丽
冯丽丽	王亚茹	李树欢	谢小会	吕香君
王　峰	戴兴儒	姜　磊	郝双喜	杜海宽
李静静	云利虹	李　晶	乔　薇	冯　洋
李红娟	宋智华	王晓琴	陈　乐	郭　娜
王　彦	张志强	闫　坤	刘景彬	张旭东
潘宏达	闫雪敏	耿文娟	解文涛	刘　娟
祝　洁	秦　彤	田　园	郑　伟	马占青
孙建春	张　卿	徐　磊	李　莉	石　海
景　斌	鲁长胜	夏　凌	刘淑艳	张晓英
李　艳	张明娜	冯丽艳	聂俊英	张　娟
于　静				

第二批

闫　蕾	李方林	王亚娟	张　登	王智慧
周艳丽	金　林	王燕燕	边艳辉	王　霞
岳川璐	张　宇	张钰梓	徐鸿儒	郭佳妮
罗明川	王　珲	刘翠芬	连　欣	赵佳莉
杭　盖	屈　铭	刘晓飞	闫燕茹	丁瑞娟
毛义很	韩丽娟	李鹏飞	王金玲	苑洁汝
李月娥	张莉丽	安东琴	郭佳灵	杨慧冬

彭丽媛　李天骄　闫嘉琦　高宇超　李文琴
郭鑫亮　丽　丽　苏　科　苏日力格　刘　卓
邱海静　李春波　刘　妍　包根兄　于　鹤
黄乌云高娃　赵晓敏　焦　娇　刘艳丽　朱　琴
李霏霏　白阿如娜　李冬雪　白全宝　卢东杰
包国祥　胡格吉力图　程艳艳　张　静　张宇超
张　瑜　张丽娜　辛启蒙　刘　欣　利　利
肖玮茹　巴　特　刘淑君　宋丽敏　于　成
贺青云　耿建明　高志强　马寺艳　郭亚男
斯楞格　张梦颖　马兰芝　李　娜　孙　璐
庄　娜　朝乐门图雅　贺引弟　吴　明　尚　婧
赵美琴　韩至娇　任爱花　蔡丽丽　霍沛新
董素艳　张　乐　张永萍　刘　颖　王彦丹
弓孟夏　付学锋

第三批

陈　辰　侯　磊　霍现宾　陈丽华　李维娜
李革新　李云鹏　陈佳乐　秦瑞文　李　阳
孔繁熙　乌兰图雅　任丽娟　董海涛　张双林
王晓虹　白玉亮　石文静　王　锦　白吉日嘎啦
庞斯琴　田丹丹　文　锋　阿拉坦

第四批

张春梅　刘　靖　史天福　刘轶夫　孙家润
傅文斌　包冬梅　王　晖　郑惠颖　秦胜楠

杨亚君	冯东梅	陈　思	巴根那	牛　强
何　芳	金　桃	刘　芝	王庆奎	马聿德

第五批

席鹏飞	吴进龙	王海燕	李红玲	白海峰
张雪梅	马俊艳	潘小利	万　全	宫宝泉
崔久红	邱长海	何春梅	齐根全	兰志君
呼格吉乐	青格勒	刘俊祥	科尔钦	道　龙
康　磊	邹玉秀	王娜仁	金　花	吕　悦
詹　霞	萨日娜	乌兰图雅	岱　日	黄初一
张丽民	张　猛	姜亚龙	李凤斌	霍炫宇
商艳昭	陶　然	刘立红	鲍海文	国文霞
张启光	王瑛琦	程立峰	王　亮	杨清媛
靳　慧	崔玉莹	李　燃	常　越	刘明智
张　佳	刘芳芳	焦志娟	刘亚慧	闫　冰
毕晓波	刘春燕	丁叶飞	李　燕	徐　田
史绍荣	萨日娜	侯丽娟	吴青松	弥义德
吕　娟	高宇婷	郑　昕	黄裕丰	王连成
张　弘	张　妍	梁双福	李佳洋	吴笑妍
唐红英	隆海莲	尤淑宏	代　兄	周雪秋
萨其胡	包莎日娜	娜仁昭日格	萨如拉	晨乐木格
黄树青	苏力德	孙海龙	霍引军	杨　洁
宝塔娜	王　军	李美桃	赵瑞霞	阿日根
额尔敦呼	邹涵旭	田媛媛	银岳峰	王宝英
孙立圆	李明亮			

第六批

张国斌	袁慧忠	李树全	郭 瑞	刘德江
谢 坤	郝 乐	张帅帅	许鹏帅	张成伟
王丽君	梁连生	陈建功	邱 昕	欧桂英
赵晨光	袁少芬	张海兵	王海宏	李德锋
潘小建	韩文豹	史占华	王 敏	许汝毅
张道全	王利红	高 鹏	钟高凤	李 凯
闫志虹	任 珂	郭凤清	贾国英	郝 芳
陈紫婷	赵 婷	马小燕	杨 荣	云 兰
刘 欣	云妙珍	刘国英	谢晓婷	兰志宏
张少丹	高志华	杨 敏	闫茹雪	刘丹丹
云 丽	刘 荔	马改霞	任胜利	牛青春
张 亮	吴建宇	王丽婷	王 丹	宝鹏飞
贾翠萍	白 云	许晓燕	李 美	邢文艳
安 娇	逯晓娇	谭 静	张 洁	邢红伟
程 艳	苏 畅	王 霞	郑子瑜	刘晓燕
郝翠霞	武素青	米月静	申 娜	贾娜娜
陈丽丽	徐雅男	孔 菲	段红霞	刘淑慧
高 敏	孟宪峰	吴 健	铁佩君	徐毛宁
梁 瑛	苏 芮	张丽妍	剧锦杨	阿拉玛斯
乃日嘎	刘东明	邬 珂	刘佳雯	包吉日木吐
朱丽娜	郝晓翠	张亚囡	韩昕颐	程 慧
杨 艳	刘亚光	王丽娜	张晓颖	田丽娜
岳文娟	张 雪			

第七批

张析哲	白新宇	赵丽萍	高东升	张海荣	
王春燕	王慧梅	孙建峰	海　兰	高　佳	
侯丽娜	蔡玉萍	杜瑞娜	董江平	王利纳	
李今圣	郭丽丽	李亚男	郭　爽	贾志喆	
蔡红霞	单楠楠	王艳玲	王苑婷	于红娟	
段春红	秦艳芳	高向楠	袁美琦	董天培	
吴玲萱	李　莹	萨仁托亚	郭淑红	张春梅	
杨　颖	裴宪桐	李　程	敖　门	胡伊婧	
王莹莹	巴音那	宫翠翠	于婷婷	邓斯琴	
高　娃	乌日汗	宝美玲	孙占山	陈　亮	
赵美丽	陈美娜	于爱利	刘　全	王佟拉嘎	
高艳红	闫婷婷	赵秋红	阿如娜	王成南	
王　明	刘　爽	韩　丹	陈　鑫	刘晓航	
于泳萍	白艳东	李洪岩	张永丽	刘　蕊	
吴阿如那	任东健	董奥辰	刘亚琦	徐鑫哲	
徐光启	何佳木	何淑花	王　颖	孟祥云	
赵　博	宋大伟	孟庆鑫	孙凤雷	宋　锐	
郭英晨	王亚丽	王海军	宋英姿	赵　巍	
黄　琳	朱　虹	纪瑞晓	张赤龙	席宇红	
丁　丽	孙淑敏	尹美歌	李　勇	高学学	
李梦颖	王玲玲	彭召萌	秦志华	薛德军	
魏娜娜	高亚楠	杨婧	曹宝杰	王艳花	
任永利	李明洲	刘　磊		孙艳辉	

孙朕宇	李彩东	赵艳杰	孟苓玉		王玉荣
刘瑞金	朱国兵	蒋欣茹	倪　鑫		梁　欢
王克也	钟冬青	毕红岩	李志蕊		张喜春
国　平	周俊玲	孝媛媛	李子阳		马　超
雯　洁	赛　娜	伟　伟	苑胜男		隋　洋
梅　玲	袁大伟	肖　翔	李后云		武文静
王娅杰	张　萍	李浩军			

第八批

高丽霞	李淑芬	陈晓静	白岭晓		常　虹
苏鲁德夫	吴　燕	李雅卿	赵颖楠		卫永红
柴　红	董　浩	杨海丽	李春卉		徐晓娟
杨桂娟	王　婷	孟雯惠	韩蓉蓉		张鹏远
赵佳佳	任永青	戴晓燕	郭雅波		王永亮
王小萌	葛壮壮	马　娇	索晓红		刘晶晶
曹　艳	武利平	韦　伟	潘素芳		吴燕燕
赵树郁	王　济	王雨胜	刘婷婷		李　靓
王　凤	侯　颖	曹宏旺	张　鹏		孙　玮
张桂琴	郭艳丽	史丽英	敏　敏		崔小玲
杭　睿	邢　娜	曹　洋	贾晓芳		刘培云
董丽杰	李　强	那仁格日勒	杨　炯		张　平
郝巧枝	石奉碱	于丽丽	王　磊		王爱荣
张　娟	芦林佩	吴　丹	吕昊欣		张　燕
唐　悦	包　玲	陈　洁	张小娟		罗　婷
高　敏	马皎月	邬素荣	吕远征		王　双

沈爱萍	王晨霞	张嘉兴	张利	蔺婷	闫丽	王慧娜	
侯明星	张凤云	单鸿伟	王坚				
贺利平	年英	李品	张松	莎日	樊笛		
李春阳	柳彩红	闫丽娜	原芳				
曹娜	张静	苏梅芳	王妮	周文浩			
刘智超	胡晓春	王利军	王乐	谢山丹			
黄鹤强	齐慧莉	袁梅	李淑雯	韩慧慧			
高天野	乔树娟	李娅芳	李洁	巴音通拉嘎			
隋东媛	樊长娥	张志勇	张冠群	龚志新			
李建明	焦志刚	于震江	林东雨	徐迎霞			
王文静	刘颖	李海丽	田溥雨	滕晓红			
赵兴敏	杨晓蕾	张文娟	杨婷	苏云			
牛晶	宋甜	要晓霞	邰永丽	王丽			
周乐飞	王彩霞	杨世界	史永志	木日额			
马芳	宝音那	贺月新	郭玉	苗雨露			
王红	刘凯	郭伟光	徐海洲	赵永仁			
刘志强	王惠	赵楠楠	厉静辉	樊茹			
景磊	王丽	王文娟	李娜				
海日恒	张改宁	薛永红					

海岩	卢爱桃	闫真	南晓伟	郭浩楠
方国峰	邬利君	唐浩	毕彦伟	靳尚武
陈俊杰	彭伟	张立伟	郭小兵	张晓源
邵华	张永明			

集体荣誉榜

内蒙古自治区人民医院	呼和浩特市清水河县医院
内蒙古自治区妇幼保健院	呼和浩特市武川县医院
内蒙古精神卫生中心	包头市第四医院
内蒙古自治区第四医院	包头市肿瘤医院
内蒙古自治区国际蒙医医院	包头市第八医院
内蒙古自治区中医医院	包头市蒙医中医医院
内蒙古医科大学附属医院	内蒙古包钢医院
内蒙古医科大学第二附属医院	包钢集团第三职工医院
内蒙古自治区肿瘤医院	国药一机医院
呼和浩特市第一医院	国药北方医院
呼和浩特市第二医院	包头市九原区医院
呼和浩特市妇幼保健院	呼伦贝尔市人民医院
呼和浩特市蒙医中医医院	内蒙古林业总医院
呼和浩特市口腔医院	呼伦贝尔市第四人民医院
内蒙古航天医院	呼伦贝尔市第五人民医院
呼和浩特市新城区医院	呼伦贝尔市中蒙医院
呼和浩特市回民医院	呼伦贝尔市蒙医医院
呼和浩特市玉泉区红十字医院	海拉尔区人民医院
呼和浩特市赛罕区医院	满洲里市南区医院
呼和浩特市赛罕区第二医院	牙克石市中蒙医院
呼和浩特市土左旗人民医院	扎兰屯市中蒙医院
呼和浩特市托克托县医院	兴安盟人民医院
呼和浩特市和林格尔县医院	兴安盟蒙医院

乌兰浩特市人民医院	鄂尔多斯东胜区人民医院
扎赉特旗人民医院	伊金霍洛旗人民医院
突泉县人民医院	鄂尔多斯达拉特旗人民医院
科右前旗人民医院	鄂尔多斯准格尔旗中蒙医院
科右中旗人民医院	鄂尔多斯准格尔旗中心医院
阿尔山市医院	鄂尔多斯准格尔旗大路医院
通辽市医院	鄂尔多斯准格尔旗人民医院
内蒙古民族大学附属医院	鄂尔多斯杭锦旗人民医院
赤峰市医院	巴彦淖尔市医院
赤峰市肿瘤医院	巴彦淖尔市中医医院
赤峰学院附属医院	巴彦淖尔市临河区人民医院
赤峰宝山医院	乌海市人民医院
赤峰市林西县医院	乌海市蒙中医院
赤峰市宁城县中心医院	阿拉善盟中心医院
赤峰市宁城县蒙医中医医院	阿拉善盟蒙医医院
锡林郭勒盟中心医院	内蒙古自治区疾病预防控制中心
锡林郭勒盟妇幼保健院	包头市疾病预防控制中心
锡林郭勒盟蒙医医院	兴安盟疾病预防控制中心
锡林郭勒盟乌拉盖管理区人民医院	通辽市疾病预防控制中心
乌兰察布市中心医院	通辽市地方病防治站
乌兰察布市第三医院	锡林郭勒盟疾病预防控制中心
丰镇市医院	锡林郭勒盟地方病防治中心
商都县医院	乌兰察布市疾病预防控制中心
察右后旗医院	鄂尔多斯市疾病预防控制中心
兴和县医院	乌海市疾病预防控制中心
鄂尔多斯市中心医院	鄂尔多斯市乌审旗疾病预防控制中心
鄂尔多斯市中医医院	阿拉善盟阿左旗疾病预防控制中心
鄂尔多斯市蒙医医院	

后　记

　　从湖北省沙洋县转战荆门市不久，内蒙古人民出版社编辑贾睿茹通过微信找到我，向我约一本讲述内蒙古医疗队在湖北省"抗疫"的纪实文学类书稿，准备在疫情结束后出版。

　　我没敢答应。当时，我对荆门市新冠肺炎救治的总体情况了解得并不全面，无法构架出一部作品，再说给报社供稿的压力也不小，怎么敢"节外生枝"？贾睿茹让我再考虑一下，说这次疫情一定会载入史册，我是见证者之一，期待能够合作，把那些感人的故事讲给读者，也留下历史的记忆。

　　这个理由已经十分充分了。我想了想，告诉她说："等我的手记写到第十篇的时候，我给你答复。"之所以这样告诉她，是因为我要做出判断：我是否有能力完成这部作品。实际上还是自信的问题。

　　其间，她断断续续地和我沟通，我也开始认真思考，如果接了这部书稿，该如何布局本书，这不是一件小事情。我的"逆行"手记在报纸和新媒体上有条不紊地发出，从文字上看不出我内心的焦灼，其实看似轻松的文字后面，是一种十分复杂的情绪，有现实环境压力的影响，也有自我加压的沉重。

　　有一天，我看到我的一篇手记后面，同事白江宏留言："春哥，你这是要出书的节奏。"心里便无由一动，但是没有回复她，我仍然在作着"行不行"的自我判断。但是接下这个任务

的信心已经增加了几分。

终于,第十篇手记出手了。贾睿茹"如约而至"。我看到了她的诚意,也感动于她的执著,便接受了她的邀请。当晚,我大体上列出了这本书的目录,结合湖北省"战疫"全局,对书的内容进行了布局。她看了表示同意。我告诉她,这些内容会随着疫情的进展做出随机调整。她无异议,并"恭维"我说:"您写这本书最合适。"

我和她约定,等疫情报道工作结束,我就开始写这部书稿,并且以最快的速度完成。她再次表示同意。我知道,在微信那头,她一定狠狠地砸了我无数下:叫你欺负年轻的编辑,等哪天你落到我手里……

对疫情的报道丝毫没有放松,但是我也开始留意书稿素材的收集。书稿和新闻稿是性格不同的"两兄弟",新闻稿受到字数限制,需要干净利落,有些细节点到为止;书稿里的故事要有文学色彩,更加细腻、耐品味。

一个月的沟通交流,我和贾睿茹也熟悉了起来,经常开一些玩笑。因为催稿,我便叫她"小黄"(黄世仁),她也不会介意,平时"大叔、大叔"地称呼我,叫得我心惊胆战。

3月20日,内蒙古医疗队撤离湖北省,当晚住进鄂尔多斯市的一家酒店,要隔离休养14天。报道的任务基本完成了,我准备按照计划,用这段无人干扰的时间完成书稿。第一篇稿子是凌晨四点多完成的,此后我的作息时间便颠倒了:白天睡觉,晚上通宵写稿。

我计算着:20个故事,每天完成一个,需要20天,压力也不会很大。我给自己定下了目标:尽量在隔离休养结束前完成稿子。我知道如果离开了医疗队，我的心就会放飞，收不住心，很难写出这些文字来。

这是一个体力精力严重损耗的过程。好在在报社工作多年，练就了熬夜的基本功。尽管是这样，也有体力和脑力不支的时候。于是，我就站在27楼窗前，看着广场上那些获得自由的人们，想象着那是自己。或者在房间里踱步数，从南到北14步，从北到南14步。

"小黄"很久没有催我，只是给我发来了这本书的封面。我看着封面，体会着其中的内涵：封面都出来了，内容还不够啊！我仿佛听见"小黄"讨债的声音。这也难怪"小黄"同学，选题由她负责，一旦事情砸锅了，她怎么也不好交代。

完成了第十一篇的时候，我有一种"翻墙"的感觉，信心倍增。可是，我仍不敢对外讲，事情没有做到稳妥，万一不成，说出去会很尴尬。我和"小黄"说，从进度上来看，我会在4月10日完成全部稿件。她咬着牙说："行！"

终于，在结束隔离修养后的第五天——4月8日，我完成所有稿件，浑身一软，瘫在床上一动也懒得动了，更不想多说一句话，多做一点思考。18天，我经历了强迫进入写作状态的痛苦，经历了黑白颠倒造成的各种不适，特别是这18天，又让我重复了一遍在荆门市的感受，这是最折磨人的事情。

回过头再看目录，感觉也差不多了。如果再"加量"，我可能会罢工，真的写不动了。有人说，写一本书，要读几十本书。我这种情况，无疑是单方面的输出，几乎耗尽了精力。书到用时方恨少，写书的过程，这种体会更深，总是感觉到词汇量不足，知识面不宽，笔力不够。

好在终于完成了。写完了，就不再去想了，剩下的工作是"小黄"的了。

显然，这是一部难免留有遗憾的作品。因为，一场战争的胜利，绝不是一个人的拼杀。

内蒙古医疗队在湖北省抗击疫情的故事太多、太感人，仅靠一本书是难以承载的，我所选择的故事，难免有疏漏和不准确的地方，在此先表示歉意。同时，向内蒙古医疗队全体成员对本书的支持表示感谢，对他们在战疫中的无私奉献精神表示敬意！对内蒙古日报社对我的支持和鼓励表示感谢！对所有支持和帮助我的朋友们表示感谢！

刘　春
2020年4月7日